Oliver Erhardt

Das Schicksal

von

Cornish Cove

Geschichte und Umschlaggestaltung:
    Oliver Erhardt
Mit der freundlichen Unterstützung von:
    Lisa & Martina Erhardt und Elke Armborst
Verlag: tredition GmbH, Hamburg
    ISBN Hardcover: 978-3-347-88170-9
    ISBN Softcover: 978-3-347-88168-6
    ISBN e-Book: 978-3-347-88175-4

Druck & Distribution im Namen des Autors:
tredition GmbH, Halenreie 40-44, 22359 Hamburg

Bisher erschienen:
Der Nebel von Cornish Cove – Teil 1
Der Fluch von Cornish Cove – Teil 2
Das Geheimnis von Cornish Cove – Teil 1+2
Das Schicksal von Cornish Cove – Teil 3
In Kürze erscheint:
Die Chroniken von Cornish Cove – Teil 1+2+3

Mit dem Zufall will uns das Schicksal sagen,
dass es auch einen anderen Weg gibt.

Frühling in Cornish Cove

Es war ein sonniger Frühlingsmorgen in Cornish Cove. Ein leichter Wind ließ kleine Wellen gegen die Fischerboote im Hafen schwappen, die dadurch sanft hin und her schaukelten. Möwen kreisten kreischend über ihnen, weil Boote in dieser Gegend immer etwas mit Fischfang zu tun hatten, und Fisch war nun einmal ihre Lieblingsnahrung. In Cornish Cove dienten die Boote allerdings nur noch als Ausflugsmöglichkeit für Touristen. Den Fischfang hatten die Menschen aufgeben müssen, als die Fischer in den Nachbarorten begannen, mit modernster Technik zu arbeiten. Jetzt lebte der Ort von seiner Tradition und das gar nicht mal so schlecht.

Scott McCanzie, der für die Touristenausflüge verantwortlich war, kümmerte sich nicht nur um das Wohlergehen der Gäste, er sorgte auch stets für die Möwen, die seiner Meinung nach ebenso zu Cornish Cove gehörten, wie die Fischerboote, der malerische Hafen und natürlich der schneeweiße Leuchtturm mit seinem kupfergrünen Dach. Daher sah man Scott McCanzie selten im Hafen ohne einen Eimer mit frischen Heringen, die er in die Luft werfend an die Möwen verfütterte.

   An diesem Morgen war er allerdings nicht nur wegen der Möwen in den Hafen gekommen, er wollte auch die Vanessa Mae - seine alte Dame - wieder in Schuss bringen. Der Winter war kalt und feucht gewesen und hatte das Holz des ehemaligen Fischerbootes stark verwittert. Doch mit etwas Schleifpapier, Leinöl und Unterstützung würde sein Boot bald wieder im alten Glanz erstrahlen. Scott war glücklicherweise nicht auf sich alleine gestellt. Gleich würden alte Freunde dazu stoßen und ihm helfen. Fröhlich pfeifend zog er seine Kapitänsmütze zurecht und krempelte sich die Ärmel hoch.

Im Leuchtturm

Fünfundsechzig Meter über ihm lehnte sich Jennifer O'Brian, die gleichzeitig Leuchtturmwärterin und Radiomoderatorin des Ortes war, nach Luft schnappend gegen die riesige Panoramascheibe des Leuchtturms. Sie ließ den schweren Rucksack von ihren Schultern rutschen und blickte schweißgebadet nach unten in den Hafen. So früh am Morgen, waren dort kaum Menschen zu sehen. Nur wenige Ladenbesitzer kehrten vor ihren Geschäften und eine kleine Gruppe von drei Personen bewegte sich auf eines der Boote zu, die vor Anker lagen. Jennifer erkannte Alfred Jenkins - den Hafenmeister - der in seinem Rollstuhl saß und von seiner Frau Claire geschoben wurde. Sein bester Freund Errol war ebenfalls dabei. Er schien ein Brett zu überprüfen, das vom Pier zur Vanessa Mae reichte. Dann machte er ein Handzeichen und im nächsten Moment schob Claire den Rollstuhl auf das Boot, wo alle von Scott McCanzie freudig begrüßt wurden. Scott war neben ihrem Onkel ein besonderer Mensch für Jenny geworden. Ihm konnte sie ihr Herz ausschütten und darüber war sie sehr glücklich.

Ja, richtig, die Saison beginnt ja bald, dachte Jennifer - die alle nur Jenny riefen - und spürte, dass sich ihr Puls langsam wieder beruhigte. Das Treppensteigen machte sie jeden Morgen vollkommen fertig. Der alte Fahrstuhl des Leuchtturms hatte in der letzten Woche doch tatsächlich seinen Geist aufgegeben. Er war abends, als Jenny Feierabend machen wollte, krachend im Erdgeschoss aufgesetzt und hatte danach keinen Mucks mehr von sich gegeben. Was auch unternommen wurde um ihn wieder zum Leben zu erwecken, hatte er stur ignoriert und sich totgestellt. Nach all den Jahren, die er verlässlich im Leuchtturm auf und ab gefahren war, hatte er sich seine Pension aber auch redlich verdient, meinte Jenny und hoffte, dass bald ein neuer Aufzug eingebaut werden könnte. Doch im Moment war es schwierig an die benötigten Teile zu kommen. Also würde sie wohl noch eine Weile gezwungen sein, die tausendundnochwas Stufen jeden Morgen hinauf und am Abend wieder hinabzusteigen, so, wie es Dee im letzten Sommer vorhergesagt hatte. Seine Prophezeiung war tatsächlich wahr geworden und sie fand das keineswegs komisch.

Glücklicherweise war ihr nachts eine Idee gekommen, wie sie dieses ewige Treppensteigen vermeiden könnte. Sie würde abends einfach im Leuchtturm bleiben und ein Nachtprogramm im Radio anbieten, das um Mitternacht starten sollte. Jenny brauchte nicht viel Schlaf und eine Late-Night-Talk-Sendung hatte sie eigentlich schon immer ausprobieren wollen. Nun schien der richtige Moment dafür gekommen zu sein, eine Sendung im Radio zu machen, in der Zuhörer die Möglichkeit haben würden sie anzurufen und unerkannt über Dinge zu reden, die sie beschäftigten und die sie sonst vielleicht niemandem erzählen würden. Andere Zuhörer sollten gleichzeitig die Gelegenheit bekommen, darauf zu reagieren und ihre Meinung zu äußern. Die Sendung sollte kein Thema haben, alles würde spontan und zufällig geschehen. Der erste Anrufer würde den Ausgangspunkt des Gesprächs bestimmen, das im weiteren Verlauf hoffentlich über Gott und die Welt handeln würde. Jenny hatte sich zu diesem Zweck mehrere Telefonleitungen bestellt, sodass die Zuhörer auch miteinander reden konnten. Der Techniker wollte noch an diesem Tag vorbeikommen um die Arbeiten an der Telefonanlage abzuschließen. Er würde auch eine Software installieren, die die Stimmen der Anrufer verzerrt erklingen ließ. So könnte sich jeder Anrufer sicher sein, unerkannt zu bleiben.

Eigentlich konnte es Jenny kaum noch abwarten bis es endlich losging. Dieser Tag würde ein guter Tag werden.

Im gelben Schulbus

Die Vorstellung eines guten Tages hätte Dee auch sehr gerne in seinem Kopf gehabt, doch das Einzige, woran er denken konnte, war die Mathematikarbeit, die seine Klasse heute schreiben musste. In der sechsten Stunde! War das zu glauben?

Immer wieder musste seine Klasse Arbeiten in den letzten Stunden schreiben und er bekam den Eindruck, dass es den Lehrern entweder vollkommen egal war, dass sie die Kinder so lange warten ließen oder sie taten dies mit Absicht.

Was sprach denn dagegen, überlegte Dee und sah die grüne Landschaft an sich vorbeiziehen, zwei Stunden miteinander zu tauschen, sodass die Klasse die Arbeit in der ersten oder zweiten Stunde schreiben konnte und der andere Unterricht dann in der sechsten stattfinden würde? Stattdessen quälten sich die Kinder durch fünf Schulstunden, von denen sie sowieso nichts mitbekamen, weil alle nur an die Mathearbeit denken konnten und von Stunde zu Stunde immer nervöser wurden. Er würde mit der Klassenlehrerin sprechen müssen, sah Dee eine Möglichkeit, als Klassensprecher aktiv zu werden.

Dee war Klassensprecher geworden, nicht, weil er übermäßig beliebt war, sondern, weil die meisten Lehrer ihn mochten und sogar respektierten. Dee war im

Diskutieren sehr hartnäckig und hatte so schon so manchen Lehrer auf die Palme gebracht. Das hatte seinen Mitschülern imponiert und sie hofften, dass er sich bei Gelegenheit ebenso hartnäckig für ihre Interessen einsetzen würde. Gedankenverloren sah Dee aus dem verschmierten Fenster und musste grinsen, weil er stolz auf sich war, doch ein Schlag gegen seinen Kopf holte ihn in eine lärmende und chaotische Realität zurück.

Obwohl er in der letzten Reihe des gelben Schulbusses saß, was ihm etwas Sicherheit vor solchen Angriffen geben sollte, hatte ihn der Tennisball von Barney Bloomfield aus der Parallelklasse getroffen.

„Nun wirf ihn schon zurück, Carpenter", rief der sommersprossige Junge mit den kupferfarbenen Haaren hämisch grinsend, weil er wusste, dass er Dee aus seinem Tagtraum gerissen hatte. „Oder kannst du nicht werfen, Carpenter? Dann sollte wohl lieber die süße Lizzy neben dir werfen, was?"

„Ich heiße Dee", rief Dee zurück, drehte den Tennisball in seiner Hand und warf ihn kraftvoll und gezielt seinem Konkurrenten entgegen.

Dee hatte Geschwister. Mick und Benny waren ebenfalls wilde Kinder, also wusste Dee, wie man mit solchen Mitschülern umgehen musste.

„Bist du verrückt", rief der Junge verblüfft, als ihn der Ball so heftig auf der Brust traf, dass er gegen die Rückenlehne des Vordersitzes geschleudert wurde. Sein Vordermann, Logan Davies, der mit bald achtzehn Jahren immer noch in der zehnten Klasse war, sah ihn verärgert an und drohte mit der geballten Faust. „Sorry,

Logan", entschuldigte sich Barney ängstlich und warf Dee einen wütenden Blick zu.

„Der ist stinke sauer", flüsterte Lizzy Dee ins Ohr.

„Mir doch egal." Dee war es manchmal wirklich leid, sich mit solchen Typen abgeben zu müssen. Doch andererseits bestärkten sie ihn in seinem Vorhaben, die Schule so schnell und so gut wie möglich zu beenden. Mehr denn je wollte er später unabhängig arbeiten können und das erreichte man nur mit guten Noten und nicht mit idiotischen Freunden wie Barney Bloomfield.

In Ophelia's Bücherei

Das Klingeln des Türglöckchens riss Siamsa, die im Eingangsbereich der Bücherei auf einem Bücherstapel saß, aus einer spannenden Geschichte. Sie ließ das bunte Comicheft nur soweit sinken, dass sie mit den Augen darüber hinweg zur Ladentür sehen konnte.

„Laudelina", freute sie sich und betrachtete erwartungsvoll die junge Frau mit der außergewöhnlichen Frisur.

„Hallo Siamsa, wie geht es dir?", grüßte Laudelina freundlich zurück und versuchte mit einer Handbewegung vergeblich ihr zerzaustes Haar in Form zu bringen. Sie hatte lange, widerspenstige schwarze Haare, die ihr immer in allen Richtungen vom Kopf standen. Würde man einen voll besetzten Kinosaal von hinten betrachten, konnte man mit einem Blick darauf sagen, ob Laudelina unter den Menschen war oder nicht.

Siamsa, die lange schwarze Locken hatte, musste grinsen.

„Ich bin froh, dass ich nicht deine Haare habe. So ein Durcheinander."

„Du hast vollkommen Recht", lachte Laudelina. „Ich wünschte, ich hätte deine."

Mit einem stummen Grinsen genoss Siamsa das Kompliment und legte ihre glatte Stirn in Falten.

„Was willst du eigentlich hier?", fragte sie direkt um den Grund für den seltenen Besuch zu erfahren.

„Das werde ich dir gerne sagen, aber du darfst es niemandem verraten, ok?", tat Laudelina geheimnisvoll und senkte ihren Kopf, um Siamsa etwas ins Ohr zu flüstern. Das kleine Mädchen auf dem Bücherstapel riss zuerst die Augen und nach einer Weile auch den Mund auf.

„So ein Buch soll es geben und du glaubst, dass du es hier finden kannst? Ein Buch das den Zufall erklärt?"

„Ein Buch, das den Zufall erklärt?", wiederholte Ophelia grinsend, die plötzlich neben Siamsa auftauchte.

„Och Mist, jetzt habe ich es doch verraten", ärgerte sich das kleine Mädchen.

„Kein Problem", lachte Laudelina und streichelte über Siamsas Wange, „deine Mama darf es natürlich auch erfahren."

„Dann ist ja gut", war Siamsa erleichtert und fand jetzt doch ihren Comic wichtiger, als das Gespräch der beiden Frauen, die plaudernd in den hinteren Teil der Bücherei gingen.

„Du suchst also ein Buch über den Zufall?", fragte Ophelia interessiert und setze sich auf die mit rotem Samt bezogene C-förmige Couch. Laudelina blieb stehen und versuchte zu erklären, wovon dieses außergewöhnliche Buch handelte.

„Ophelia, pass auf. Ich habe von einem Buch gehört, das den Zufall erklärt und ich hoffe, dass ich es bei dir finden kann." Ophelia kreuzte die Arme vor der Brust und hörte konzentriert zu. „Dieses Buch beschreibt, ob es den Zufall tatsächlich gibt, oder ob er nur ein anderes Wort für das Schicksal ist", begann Laudelina aufgeregt zu erzählen. „Stell dir vor, dass alles was passiert Schicksal ist, also vorherbestimmt."

„Du meinst, dass alles was wir tun geplant ist?"

„Das ist ja eben die Frage. Denk doch nur an außergewöhnliche Ereignisse. An die Ankunft der Carpenters zum Beispiel. Dee kam mit seiner Familie nach Cornish Cove und dann rettete ausgerechnet er die Vermissten aus dem Nebel. Meinst du, das war Zufall oder war es Schicksal?"

„Hm, das kann ich nicht sagen."

„Oder denk an etwas, das jeder erlebt: Wo kommen unsere Ideen her? Wir wissen es nicht, oder? Plötzlich sind sie da und helfen uns in schwierigen Situationen, lassen uns Entscheidungen treffen, die unser Leben verändern. Warum ist das so?" Laudelina kam jetzt richtig in Fahrt. „Und wieso haben die Menschen, jeder für sich, andere Talente? Wo kommen diese Talente her? Wir werden mit ihnen geboren und dann, irgendwann entdecken wir sie. Sind wir alle hier in Cornish Cove aus einem besonderen Grund zusammengekommen, jeder mit seinem eigenen, besonderen Talent? Also wenn das Zufall ist, hat es vielleicht keine Bedeutung, dann war es nur Glück, dass uns Dee zum Beispiel helfen konnte. Aber, wenn es Schicksal war, also gewollt, wer wollte es dann? Wer wollte, dass wir uns treffen und was wollte er oder sie oder es? Was sollen wir gemeinsam mit unseren verschiedenen Talenten tun?"

Laudelina sah ihre Freundin gespannt an.

„Ophelia, hast du von einem solchen Buch gehört?"

Ophelia dachte nach. Ihr gingen die Fragen durch den Kopf, die Laudelina gestellt hatte und sie versuchte diese mit der wichtigsten Frage zu verbinden: Gab es tatsächlich ein solches Buch und hatte sie es womöglich in ihrer Bücherei?

Sie überlegte: Wenn das so sein sollte, war das dann Zufall, Schicksal oder Glück?

Der Techniker

Als der schrille Klingelton durch den Leuchtturmschacht hallte, zuckte Jenny unweigerlich zusammen.

„Was ist denn los mit dir?", war Harry über die plötzliche Schreckhaftigkeit seiner Nichte erstaunt. Onkel Harry war der Bruder von Jennys Mutter. Er hatte, seit sie klein gewesen war, versucht, die Lücke eines fehlenden Vaters zu füllen. Jennys Vater war als Soldat in einen Krieg geschickt worden und nicht zurückgekehrt. Jenny dachte kaum noch an ihn, obwohl es sein konnte, dass er noch lebte und irgendwann nach Hause zurückkam. Doch das schien ziemlich unwahrscheinlich, denn in all den Jahren hatte es kein Lebenszeichen von ihm gegeben. Keinen Brief, keinen Anruf, nichts. Selbst die Armee konnte ihnen keine Auskunft geben. Seit damals kümmerte sich Harry um die kleine Jenny, die mittlerweile eine erwachsene Frau geworden war und sogar zwei Jobs gleichzeitig bewältigen konnte. Er war sehr stolz auf sie und auch froh, dass er immer noch ein Teil ihres Lebens sein konnte und irgendwie fühlte er sich immer noch für ihre Sicherheit verantwortlich. Der Gedanke, dass ein Fremder zu seiner Kleinen in den Leuchtturm kam, gefiel ihm einfach nicht. Deshalb war er zu ihr gekommen und ging zu Jennys Schreibtisch.

Wieder erklang das schrille Klingeln und Harry bediente die Gegensprechanlage, die mit vielen anderen elektronischen Geräten dort verbaut war.

„Hallo, wer ist da?"

„Ich bin der Techniker der Telefongesellschaft. Wir hatten einen Termin ausgemacht."

„Ja, das ist richtig, kommen Sie hoch. Sie müssen kräftig an der Tür ziehen, sie klemmt etwas."

„Sie klemmt etwas", wiederholte Jenny und betonte dabei das Wort Etwas. „Kannst du nicht nochmal nach der Tür sehen?", bat Jenny und sah in die dunklen Knopfaugen ihres Onkels, die immer etwas traurig wirkten.

„Ich werde mich darum kümmern, Jenny. Aber eigentlich bräuchtest du eine neue Tür. An der Alten kann ich nicht mehr viel reparieren."

„Dafür habe ich nun wirklich kein Geld mehr", war sie ratlos. „Weißt du, was mich der neue Aufzug kosten wird?"

„Ja, das weiß ich", sagte er nachdenklich und überlegte kurz. „Sorge dich nicht um die Tür. Ich lasse mir schon etwas einfallen."

„Du bist der Beste, Onkel Harry. Was würde ich nur ohne dich machen?" Jenny fiel ihrem Onkel in die Arme, der gespannt zum Treppenabgang blickte.

Metallisch hallende Schritte drangen dort aus dem Leuchtturmschacht zu ihnen hoch und wurden mit jeder Wiederholung lauter. Klack, Klack, Klack, Klack.

Selbst Harry bemerkte eine steigende Unruhe in sich und ging zum Treppengeländer um in die Tiefe zu schauen. Eine Hand schwebte über dem hölzernen

Handlauf und folgte dem spiralförmigen Lauf der Treppe, die geradewegs zu ihnen in die Höhe führte.

Klack, Klack, Klack, Klack, hallten die Schritte immer lauter, bis sie abrupt stoppten und eine für Jenny unangenehme Stille einsetzte.

Neugierig spähte sie vom Schreibtisch aus durch das Drahtgestell des alten Aufzugs zu ihrem Onkel, der seine Hand nach vorne ausstreckte.

„Herzlich willkommen im Leuchtturm von Cornish Cove", begrüßte er den Fremden, der die Hand kurz und kräftig schüttelte.

„Ich", hörte Jenny den Fremden, der vollkommen außer Atem war, sagen, „ich hoffe sehr, dass ich hier richtig bin."

Ihr fiel seine junge Stimme auf, die sympathisch klang und als Onkel Harry zur Seite trat, sah Jenny einen großgewachsenen, gutaussehenden jungen Mann in einem dunkelblauen Overall mit sportlichen weißen Turnschuhen, der eine Baseball Cap verkehrt herum auf dem Kopf trug.

„Wie viele Stufen sollen das sein?", fragte er immer noch nach Luft ringend und ließ seine schwere Werkzeugtasche auf den Boden sinken.

„Ich glaube", sagte Onkel Harry ernst, „es sind tausendundnochwas." Da musste der junge Mann herzhaft lachen und zeigte dabei seine strahlend weißen Zähne.

Jenny war nun aus einem anderen Grund nervös.

„Na, dann kommen sie mal rum, junger Mann", meinte Onkel Harry gutgelaunt und führte den Techniker an der großen Panoramascheibe entlang, vorbei an dem Drahtgestell des alten Aufzugs, in den vorderen Teil des Leuchtturms, der einem einen fantastischen Blick über den Atlantik Richtung Süden bot.

„Wow", war der Techniker beeindruckt. „Was für eine Aussicht. Da haben sie aber einen tollen Arbeitsplatz erwischt", war er sichtlich begeistert.

„Ja, das ist ein fantastischer Arbeitsplatz", stimmte Onkel Harry dem Techniker zu. „Doch es ist nicht meiner –, sondern ihrer."

Der junge Mann machte ein fragendes Gesicht, bis er Jenny auf sich zukommen sah.

„Oh", sagte er und eine leichte Röte verfärbte seine Wangen.

„Hallo", sagte Jenny und versuchte vergeblich gleichgültig zu wirken. Mit glühenden Wangen sah sie in die blauesten Augen, die sie jemals gesehen hatte und plötzlich verschwand alles um sie herum, außer dem jungen Mann, der vor ihr stand.

In diesem Moment, in dem für die beiden die Zeit stehenblieb, bereitete Onkel Harry alles Nötige vor, damit der Techniker, wenn er gleich wieder in der Realität zurückkehren würde, mit der Arbeit an der Telefonanlage beginnen konnte. Dann schenkte er den beiden noch ein paar Sekunden bevor er sich räusperte.

„Also, ähm, der Telefonanschluss befindet sich hier neben dem Schreibtisch, falls sie beginnen möchten?"

„Beginnen möchten?", wiederholte der junge Mann noch ganz in Gedanken, bevor er mit einem kleinen Grinsen seine Augen von der Frau abwendete, die ihn verträumt ansah.

„Ja, dann wollen wir mal −", sagte er und öffnete seine Werkzeugtasche. „Da fällt mir ein," meinte er und drehte seinen Kopf zu der jungen Frau, „ich habe mich noch gar nicht vorgestellt. Mein Name ist Connor O'Malley."

„Connor O'Malley", wiederholte Jenny den Namen und ihre Wangen glühten jetzt noch etwas wärmer.

Wieder an Bord

Neugierig kreiste ein kleiner Schwarm Möwen über der Vanessa Mae, in der Erwartung, dass Scott McCanzie vielleicht noch ein paar Heringe für sie übrig hatte. Doch der Eimer, den der alte Seebär bei sich hatte, war nicht mit frischen Heringen, sondern mit Leinöl gefüllt, das er mit einem breiten Pinsel dünn auf die Holzstreben der Sitzbank verteilte. In wenigen Tagen würden dort die Touristen Platz nehmen. Er freute sich schon darauf den Leuten wieder seine Geschichten erzählen zu können. Alfred, sein treuer Freund, saß in seinem Rollstuhl und strich die gegenüberliegende Holzbank. Abwechselnd tauchten die Männer ihr Streichwerkzeug in den Eimer und erzählten sich Geschichten von früher. So verging die Zeit einfach schneller und Errol und Claire, die beide mit Schleifpapier bewaffnet waren, erfuhren von den Dingen, die sie verpasst hatten, weil sie ja knapp fünfzig Jahre im leuchtenden Nebel gefangen gewesen waren. So verbrachten die vier den sonnigen Vormittag auf Deck. Als sich Scott nach wenigen Stunden das Ergebnis ihrer Arbeit ansah, war er sehr zufrieden.

„Also ich muss schon sagen, ihr seid echt spitze. Meine alte Dame sieht schon fast so schön aus, wie zu ihren besten Zeiten. Wenn wir so weitermachen, werden wir heute Nachmittag fertig und hätten noch Zeit für eine kleine Spritztour. Was haltet ihr davon?"

„Das wäre doch wunderbar", freute sich Claire und sah zum Himmel, wo sich eine dünne Schicht von kleinen Wolken vor die Sonne schob. „Mit etwas Glück, hält sich das Wetter", meinte sie hoffungsvoll und mit einem Nicken gab ihr Alfred recht. Ihr Mann war sein Leben lang hier draußen gewesen und hatte ein gutes Gespür für Wolken und deren Bedeutung entwickelt. Scott McCanzie war so begeistert, wie die Arbeit an seinem geliebten Schiff voranschritt, dass er das Wetter gar nicht großartig beachtete.

„Freunde, heute ist ein schöner Tag und wir werden nach der Arbeit auch noch unseren Spaß haben, das verspreche ich euch. Ich habe sogar eine deftige Erbsensuppe an Bord, die ich jederzeit aufwärmen kann. Hat jemand Hunger?"

Claire, Alfred und Errol wussten, wie es um Scotts Kochkünste bestellt war und wechselten schnelle Blicke, mit denen sie sich sagten, dass sie Scott jetzt nicht enttäuschen wollten.

„Das wäre ganz phantastisch", antwortete Claire im Namen aller und bemühte sich dabei fröhlich zu lächeln.

„Na, dann lasst uns erst mal was essen", klatschte sich Scott freudig in die Hände und verschwand eilig im Fahrerhäuschen. Errol und Claire stöhnten laut auf und machten eine Miene, als ob sie ein großes Opfer bringen würden.

„Ihr werdet es schon überleben", meinte Alfred mit seinem trockenen Humor und betrachtete seine Frau und seinen besten Freund, die ein Gesicht machten, als hätten sie saure Milch getrunken. „Ihr müsstet euch sehen", musste Alfred grinsen und sein faltiges Gesicht, das für gewöhnlich einen mürrischen Eindruck machte, sah plötzlich um Jahre jünger und glücklich aus. „Ihr habt fünfzig Jahre im leuchtenden Nebel überstanden, dann doch wohl auch diese Erbsensuppe."

„Die Erbsensuppe kommt schon", rief Scott McCanzie aus dem Inneren des Fahrerhäuschens und stieß mit einem Fuß die Tür auf. Mit vier Suppentellern, die er auf seinen Händen und Unterarmen balancierte, ging er freudig auf seine Freunde zu.

Auf der Suche nach dem Buch

Ophelia überlegte. Sie hatte mehrere Bücher, die den Zufall zum Thema hatten, doch soweit sie sich erinnern konnte, hatte sie keines, das den Zufall so erklärte, wie es Laudelina beschrieben hatte.

„Hm", meinte sie und sah in Laudelinas schwarze Augen, die vor hoffnungsvoller Erwartung ganz groß wurden. „Ich bin mir nicht sicher, Laudelina", begann Ophelia. „Weißt du, die Leute hier lesen lieber Liebesromane oder Krimis, deshalb habe ich solche Bücher nicht hier in der Bücherei ...", Laudelinas Mundwinkel fielen traurig nach unten, bevor Ophelia den Satz beendete, „sondern unten im Keller. Dort lagern die Bücher, für die sich die meisten nicht interessieren. Sollen wir mal nachsehen gehen?"

„Ist das eine Frage? Natürlich!", war Laudelina begeistert.

„Siamsa, Schatz", rief Ophelia nach vorne in den Verkaufsraum. „Ich gehe kurz mit Laudelina in den Keller. Wenn Kundschaft kommen sollte, kannst du mich ja rufen."

„Natürlich, Ma", rief Siamsa nach hinten zur Couch ohne von ihrem Comic aufzusehen.

Der Sturm im Klassenzimmer

Dee sah aus dem Fenster des Klassenzimmers und beobachtete nachdenklich, wie die helle, fast durchsichtige Wolkenschicht, die er den ganzen sonnigen Vormittag am Himmel gesehen hatte, nun von einer grauen Wolkenformation verdrängt wurde. Stürmisch stießen die dunklen Wolken in die hellen Luftschichten und drehten sich wütend wirbelnd in sie hinein. Innerhalb kürzester Zeit verdunkelte sich dadurch der Himmel so stark, dass ihr Lehrer für Geschichte wie selbstverständlich zum Lichtschalter ging und die Deckenbeleuchtung im Klassenzimmer einschaltete, ohne dabei seinen Vortrag über die griechische Antike zu unterbrechen. Seine Schüler allerdings wunderten sich über die einsetzende Dunkelheit und sahen mit Dee aus den Fenstern des Klassenzimmers, gegen die mit einem Mal vereinzelte dicke Regentropfen prallten.

Patsch —— patsch — patsch – patsch – patsch - patsch - patschpatschpatsch.

Verwundert mussten die Kinder mit ansehen, wie kurz darauf der Sturzflug unzähliger dicker Regentropfen an ihren Fensterscheiben lautstark klatschend endete. War es im Anfang noch ein sanftes Klopfen weniger Tropfen gewesen, so trommelten jetzt hunderte bedrohlich gegen die Scheiben. Stärker, immer stärker schlug das Wasser gegen das Glas und lief in Rinnsalen hinab, die es unmöglich machten zu erkennen, was draußen eigentlich geschah. Doch Dee konnte sich gut vorstellen, was dort passierte. Ein Unwetter hatte sich über St. Ives zusammengebraut und er hoffte, dass es genauso schnell wieder verschwinden würde, wie es gekommen war. Doch der Sturm hatte seine volle Stärke noch lange nicht erreicht. Das Dröhnen des aufklatschenden Regens wurde in dem Klassenzimmer immer lauter, weil sich nun auch Hagelkörner in den Regen mischten. Wild und laut schlugen sie gegen das Fensterglas und einige Kinder fingen an hysterisch zu schreien, weil sich die Lautstärke mit jeder Sekunde steigerte. Dee wurde, im Gegenteil zu seinen Mitschülern, völlig ruhig und stand wie selbstverständlich auf, um seine Handflächen gegen das Glas zu pressen, das von immer größer werdenden Hagelkörnern beschossen wurde.

Lizzy tat es ihm gleich. Mit ihnen standen bald die meisten Schüler und selbst ihr Lehrer, der nun doch aufgehört hatte zu philosophieren, vor den Fenstern und drückten ihre Hände gegen die Scheiben, die von der Außenseite von erbsengroßen Eiskörnern attackiert wurden.

„So muss es wohl sein, wenn die Welt untergeht", schrie Lizzy gegen den Lärm und sah Dee besorgt an.

„Die Welt wird nicht untergehen und heute schon mal gar nicht", schrie Dee überzeugt zurück und Lizzy sah ihn fragend an. „Wir schreiben doch gleich Mathe", erklärte Dee. „Wir werden kaum das Glück haben, das der Weltuntergang das verhindern wird."

„Du bist verrückt, Dee."

Lizzy stieß ihn mit dem Ellenbogen in die Seite und bemerkte, dass es plötzlich wieder leiser in dem Klassenzimmer wurde. Auch die Anspannung, die Lizzy unter den Schülern gespürt hatte, ließ nach und so stand die Klasse schließlich vor der Fensterfront und sah nach draußen, wo der Hagelschauer weiterzog und lediglich einen starken Regen zurückließ. Es war immer noch ein ziemlich schlechtes Wetter, aber es war kein bedrohliches Unwetter mehr und darüber waren alle wirklich sehr erleichtert.

Hier kommt die Flut

„Mamiii! Komm schnell!", kreischte Siamsa und stand auf dem Bücherstapel, auf dem sie vorhin noch gesessen und gemütlich ihren Comic gelesen hatte. Dieser war ihr vor Schreck aus der Hand gefallen, als sie plötzlich spürte, wie etwas klammheimlich in ihre Schuhe gekrochen war. Erst hatte es sich ganz angenehm angefühlt, doch dann hatte sie gemerkt, dass ihre Füße nass wurden.

Verwundert beobachtete das kleine Mädchen, wie ein See um sie herum entstand, auf dem ihr geliebter Comic in den hinteren Teil der Bücherei trieb, wo ihre Mutter und Laudelina aus der Kellertür eilten.

„Wo kommt denn das ganze Wasser her?", war Laudelina überrascht, während Ophelia ahnte, dass ein Starkregen die Ursache sein musste. Sie sah zur Eingangstür, wo das Wasser sprudelnd unter der Tür in den Laden lief und sich über dem Teppich ergoss.

„Unter dem Schaufenster liegen Handtücher", rief sie geistesgegenwärtig. „Holt sie euch! Wir müssen das Wasser direkt unten an der Tür stoppen."

Quiekend sprang Siamsa in die große kalte Pfütze, die sich bedrohlich schnell im Laden ihrer Mutter ausbreitete, schnappte sich so viele Handtücher, wie sie tragen konnte und warf sie vor die Eingangstür auf das eindringende Wasser. Ophelia und Laudelina hechteten nach vorne über den nassen Teppich, dass es nur so spritzte. Sie griffen unter das andere Schaufenster, nahmen sich Tücher und Lappen, die dort neben einem Heizkörper lagerten und drückten sie gemeinsam mit Siamsa gegen die Tür.

„Drückt so fest ihr könnt", rief Ophelia zu den beiden, die ebenfalls auf ihren Knien lagen und krampfhaft gegen das spritzende Wasser ankämpften.

Siamsa stöhnte vor Anstrengung und Laudelina sah besorgt nach draußen, wo der Starkregen glücklicherweise nachzulassen schien. Mit aller Kraft pressten die drei solange ihre Hände in die Handtücher, bis der Regen weiterzog und es draußen heller wurde.

„Ich glaube, wir haben es geschafft", freute sich Siamsa. Ophelia warf einen Blick in die Bücherei und betrachtete den dunklen Teppich, der den Großteil des Wassers aufgesogen hatte.

„Dank dir Siamsa haben wir nochmal Glück gehabt und konnten Schlimmeres verhindern", war Ophelia erleichtert und stolz, dass ihre kleine Tochter sie rechtzeitig gewarnt hatte. Bücher und Wasser vertragen sich nämlich überhaupt nicht.

„Wo kam denn dieses Unwetter her?", war Laudelina überrascht, weil sie keine der sonst üblichen Warnmeldungen im Radio gehört hatte. Jenny hatte heute Morgen noch von einem sonnigen Tag gesprochen. Wie konnte das nur sein?

Das Unwetter

Jenny O'Brian stand oben im Leuchtturm und sah besorgt wie das Unwetter von Norden kommend über Cornish Cove wanderte.

„Sind Sie gleich fertig, Connor? Ich müsste dringend eine Wetterwarnung durchgeben."

„Ich mache, so schnell ich kann", versicherte der junge Mann und befestigte letzte Kabel in einer Wanddose.

Connor O'Malley, der Techniker, hatte beim Anschluss der neuen Telefonanlage fehlerhafte Stromleitungen entdeckt, die er umgehend ausgetauscht hatte. Dazu musste allerdings der Strom im gesamten Leuchtturm ausgeschaltet werden. Lizzy konnte also eine Zeit lang nicht auf das Satellitenbild sehen und sie konnte auch keine Warnungen hinaussenden, weder per Funk noch mit dem Radiosender.

„Ja, bitte, machen sie schnell", rief Jennys Stimme lauter, denn das Unwetter hatte mittlerweile den Hafen und den Leuchtturm erreicht. Dicke Tropfen des einsetzenden Starkregens klatschten auf das kupferne Metalldach des Leuchtturms und machten dabei einen Höllenlärm.

„So, erledigt", schrie Connor gegen das Dröhnen und Jenny schaltete sofort ihre Geräte und Computer ein.

Ungeduldig starrte sie auf den schwarzen Monitor, der ihr normalerweise die Wetterlage über Cornish Cove anzeigte.

„Nun mach schon, geh an", flehte sie, weil sie unbedingt wissen musste, wie groß diese Unwetterfront war, die über dem Ort lag. Die Menschen von Cornish Cove waren schließlich von diesen Informationen abhängig. Denn, was andere Orte im Landesinneren als normalen Regenschauer erlebten, verwandelte sich nicht selten an der Küste zu einem bedrohlichen Sturm, der Menschen und Boote in Gefahr brachte.

Boote, dachte Jenny und rannte an der Panoramascheibe entlang nach hinten um einen Blick in den Hafen zu werfen, wo sie heute Morgen Scott McCanzie und seine Freunde gesehen hatte.

„Die Vanessa Mae ist draußen", schrie Jenny verzweifelt und sorgte sich um Scotty und seine Freunde, die wahrscheinlich mit ihm rausgefahren waren.

Sie machte sich Vorwürfe. Den ganzen Vormittag über hatte sie nur Augen für den gutaussehenden Techniker gehabt und dass ihr Onkel gegangen war, hatte sie auch nicht bemerkt. Mit einem schlechten Gewissen rannte sie zurück und schnappte sich das Funkgerät und betrachtete besorgt den Atlantik, über dem einzelne Blitze zuckten und dessen aufgewühltes Wasser nicht Gutes vermuten ließ.

„Hier ist CCR, ich rufe die Vanessa Mae, hört ihr mich? Over." Jenny ließ die Sprechtaste los und wartete ungeduldig auf eine Antwort und sah dabei auf den immer noch schwarzen Monitor. Connor O'Malley stand neben ihr und ahnte, dass Jenny eines der Fischerboote suchte, die zu Cornish Cove gehörten. Besorgt hielt er mit der jungen Frau Ausschau nach dem kleinen Fischerboot, das jetzt, in dem aufgewühlten Wasser, sicherlich schwer auszumachen war.

„Hier spricht CCR, ich rufe die Vanessa Mae. Scotty, hörst du mich? Over", wiederholte Jenny ihren Funkspruch. Mittlerweile hämmerten auch Hagelkörner auf das Metalldach des Leuchtturms und liefen mit dem Regen in dicken Rinnsalen an der riesigen Panoramascheibe herunter, was es den beiden fast unmöglich machte etwas auf dem unruhigen Meer zu erkennen.

„Scotty, hörst du mich?", schrie Jenny in das Funkgerät und als sie die Sprechtaste losließ, erklang die tiefe Stimme von Scott McCanzie im Leuchtturm.

„Hier ist die Vanessa Mae. Was ist denn los, Jenny? Du klingst so besorgt. Over."

Jenny war erleichtert, die Stimme des Touristenführers zu hören und dass es ihm anscheinend gut ging.

„Gott sei Dank, es geht euch gut. Scotty, hier ist der Teufel los. Ein Unwetter hat sich über Cornish Cove zusammengebraut. Wo seid ihr denn? Over."

„Wir sind nach Westen Richtung Sennen Cove geschippert. Hier ist noch alles ok. Over."

„Dann bleibt am besten dort. Ich werde euch Bescheid geben, sobald ich genauere Messwerte bekomme und auf das Satellitenbild sehen kann. Ich melde mich wieder, Scotty. Over and out."

„Alles klar, Jenny. Wir haben es nicht eilig. Zur Not bleiben wir hier in Sennen Cove. Over and out."

„Ich bin so froh, dass es Scotty und seinen Freunden gut geht", war Jenny beruhigt und sah gespannt auf den Monitor, der ihr endlich das Satellitenbild zeigte. „Oh, mein Gott", rief sie, rannte zu ihrer Theke und schnappte sich das Radiomikrofon.

„Achtung, Achtung, dies ist eine wichtige Durchsage. Zurzeit überquert uns ein Inlandstief. Dieses bringt uns Sturm und Starkregen. Es kann vereinzelt zu Gewittern kommen. Daher solltet ihr am besten Zuhause bleiben. Ich werde mich melden, sobald die Gefahr vorüber ist."

Dann schaltete Jenny ein Tonbandgerät ein, das traditionelle Musik dieser Gegend erklingen ließ und ihr Zeit zum Durchatmen schenkte.

„Mein Gott, was für ein Tag", stöhnte sie und ließ sich in ihren Drehstuhl fallen. Sie warf einen kurzen Blick auf die Anzeigen der verschiedensten Messgeräte, beobachtete das Satellitenbild von Cornish Cove und vergewisserte sich, dass der Leuchtturm sein wegweisendes Licht kreisend in die Ferne warf. Entkräftet stützte sie ihre Ellenbogen für einen Moment auf den Schreibtisch und vergrub ihr Gesicht in den Händen. Das dröhnende Geräusch des klatschenden Regens verwandelte sich allmählich in ein Prasseln, das Jenny weiter entspannen ließ. Die Gefahr war vorerst gebannt, das Unwetter hatte Cornish Cove überquert und tobte sich jetzt weiter über dem Atlantik aus.

Erleichtert atmete sie durch und plötzlich fiel ihr der Mann ein, der ihre Aufmerksamkeit des kompletten Vormittags gestohlen hatte.

„Kann ein ganz schön stressiger Job sein", hörte sie seine angenehme, ruhige Stimme und sah verwundert zu ihm hoch.

„Ich habe sie ganz vergessen. Entschuldigung", sagte sie zu dem Techniker, dessen Name ihr gerade nicht mehr einfiel. Sie erinnerte sich nur, dass er sie derart abgelenkt hatte, dass sie nicht mehr daran gedacht hatte, wie wichtig doch ihre Arbeit war. Doch jetzt hatte sie wieder alles im Griff. Der Strom war eingeschaltet, alle Geräte funktionierten und sie hatte sogar mehrere Telefonleitungen, die sie benutzen konnte, wenn sie diese Late-Night-Talk-Sendung mal machen würde. Heute wollte sie allerdings nur noch ihren Job als Leuchtturmwärterin machen und die Menschen von Cornish Cove frühzeitig vor drohenden Unwettern warnen.

„Bevor ich gehe, möchte ich Ihnen noch kurz zeigen, wie sie zwischen den verschiedenen Telefonleitungen auswählen können", meinte Connor und zeigte Jenny ein kleines Kästchen, das er auf ihrer Theke neben dem Tonbandgerät hingelegt hatte. Jenny war beeindruckt, dass der junge Mann wusste, wo sie dieses Gerät am ehesten gebrauchen konnte und lauschte seinen erklärenden Worten. „Und Sie sollten aufpassen", sagte er abschließend, „dass die Geräte nicht nass werden."

„Nass werden?", wusste Jenny nicht was er meinte. Bis ein dicker Wassertropfen zwischen ihren Füßen und seinen weißen Turnschuhen auf dem Boden aufschlug. „Oh, das meinen Sie", verstand Jenny jetzt und fischte ein Handtuch aus einem Fach unter der Theke. „Das passiert nur bei Starkregen, wirklich", versuchte sie die Sache herunterzuspielen.

„Strom und Wasser vertragen sich nicht gut", sagte Connor – jetzt fiel ihr der Name wieder ein – mit ernsten blauen Augen, in die sie am liebsten eintauchen wollte.

„Ja, ja natürlich", meinte Jenny etwas verlegen, weil sie eigentlich etwas anderes sagen wollte. „Vielen Dank für ihre Arbeit und passen Sie auf, dass Sie nicht weggespült werden. Sie wissen schon, der Regen ist immer noch recht heftig", sagte sie und deutete mit dem Zeigefinger nach oben, wo dicke Wassertropfen an ihrer Decke hingen.

„Ich kann schwimmen", grinste der Techniker sie an, schnappte sich seine Werkzeugtasche und ging nach hinten zum Treppenabgang, wo er seufzend stehenblieb: „Was sagten Sie, wie viele Stufen warten jetzt auf mich?"

„Tausendundnochwas", rief Jenny von vorne und musste grinsen.

„Ich habe befürchtet, dass Sie das sagen würden", hörte sie seine amüsierte Stimme. „Wenn wir uns mal treffen, kommen Sie besser runter, als dass ich zu Ihnen hochlaufen muss, einverstanden?"

„Einverstanden", hörte sich Jenny sagen und spürte das angenehm wilde Pochen ihres Herzens in ihrer Brust. Dann lauschte sie noch eine Weile seinen gleichmäßigen Schritten, die immer leiser werdend: Klack, Klack, Klack, Klack … in den Tiefen des Leuchtturmschachtes verschwanden.

Gedankenverloren stand Jenny auf, ging an der Panoramascheibe entlang und sah Richtung Norden über den Ort hinweg. Der Regen prasselte immer noch gegen die große Scheibe, doch in einiger Entfernung konnte sie sehen, dass sich der Himmel wieder aufhellte. Die Gefahr war erstmal vorüber. Cornish Cove hatte noch einmal Glück gehabt, das Unwetter war relativ schnell über den Ort hinweggezogen und würde sich jetzt auf dem Atlantik entladen.

Nein, eigentlich war das falsch, korrigierte Jenny ihre Gedanken. Cornish Cove war in keiner wirklichen Gefahr gewesen, auch wenn sie den Eindruck bekam, dass die Hagelschauer in letzter Zeit immer extremer wurden. Doch Unwetter an sich waren nichts Ungewöhnliches in dieser Gegend, wahrscheinlich in allen Küstenregionen auf der Welt. Deshalb war sie ja vor Jahren hierhergezogen, weil sie dieses Klima, dieses raue Wetter so liebte. Sie fühlte sich erst richtig lebendig, wenn ihr ein scharfer Wind um die Nase wehte und wenn es so schüttete, dass einem der Regen horizontal ins Gesicht flog. Erst dann fühlte sie sich wohl, doch was sie nicht mochte, war, die Kontrolle zu verlieren, weder aus technischen noch aus persönlichen Gründen. Sie hatte sich von einem netten jungen Mann ablenken lassen, das durfte ihr nie wieder passieren.

Besuch im Café

Kathleen Ryder stand vor der Eingangstür ihres Cafés und sah besorgt Richtung Leuchtturm. Das Unwetter, das über Cornish Cove hinweggezogen war, zog auf das offene Meer und sie fragte sich, warum es keine Warnmeldungen gegeben hatte. Kathleen hatte vor Jahren ihren Mann an einem stürmischen Tag in einem leuchtenden Nebel verloren, und wenn sie damals gewusst hätten, was passieren würde, wäre ihr Mann vielleicht nicht verloren gegangen. Seit damals nahm sie Wettervorhersagen sehr ernst, doch Jenny hatte nichts von einem kommenden Unwetter berichtet. Heute Morgen hatte sie noch von einem sonnigen Tag gesprochen und später hatte sie gar nicht mehr gesendet. Kathleen ging hinter die Theke und drehte die Lautstärke auf um zu hören, was jetzt im Radio lief. Aus vielen kleinen Lautsprechern in der Decke erklang nun im gesamten Café traditionelle Musik dieser Gegend. Komisch, wunderte sich Kathleen und wollte gerade im Leuchtturm anrufen, als ein junger Mann mit Werkzeugtasche in ihr Café gestürmt kam.

„Zum Glück, haben sie geöffnet", strahlte er sie an und hinterließ vom Kopf abwärts tropfend eine kleine Pfütze zu seinen Füßen. Kathleen musste lachen, als sie den sympathischen Mann da so stehen sah.

„Wie hätten sie wohl gelacht, wenn ich vor zehn Minuten hergekommen wäre, als es noch richtig geschüttet hat?", spielte er den Beleidigten.

„Nun, dann hätte ich sie natürlich gefilmt und das Video im Internet hochgeladen. Mit dem Geld, das ich durch die Klicks verdient hätte, müsste ich in diesem Monat nicht mehr arbeiten gehen", überlegte sie grinsend und reichte dem jungen Mann ein Handtuch.

„Damit könnten Sie recht haben", nickte er belustigt und rubbelte sich die Haare trocken. „Ist schon eine verrückte Welt, oder?", meinte er. „Da kann man mit lustigen Videos mehr Geld verdienen, als mit ehrlicher Arbeit."

„Oh, ehrliche Arbeit", traute sich Kathleen noch etwas weiter Spaß zu machen. „Was ist denn Ihre ehrliche Arbeit?", fragte sie und betrachtete die Werkzeugtasche zu seinen Füßen.

„Nun, ich bin Elektriker. Ich habe gerade im Leuchtturm neue Strom- und Telefonleitungen verlegt", erklärte er und setzte sich seine Baseball Cap wieder auf den Kopf.

„Ach so", ging Kathleen ein Licht auf. „Sie mussten dazu den Strom ausschalten, richtig?"

„Genau."

„Das erklärt, warum Jenny uns nicht vor dem Unwetter warnen konnte", war Kathleen erleichtert, dass es einen so einfachen Grund gab.

„Das stimmt und es ist ihr sehr unangenehm, dass sie die Menschen nicht warnen konnte."

„Ja, wie denn auch, ohne Strom? Ich werde sie gleich mal anrufen und beruhigen", versicherte Kathleen und sah den jungen Mann ernst an: „Kaffee?"

„Oh ja, sehr gerne. Kann ich auch etwas zu essen bekommen?"

„Natürlich", meinte Kathleen und war stolz, dass ihr Café auch etwas mehr konnte als nur Kaffee und Kuchen anzubieten.

„Ich mache ihnen eine Kleinigkeit fertig. Dauert nur einen Moment. Setzen Sie sich doch."

Der junge Mann - den wir schon als Connor O'Malley kennengelernt haben - sah sich in dem leeren Café um und entschied sich für den Platz direkt am Fenster, der für gewöhnlich der Stammplatz von Lizzy und ihren Freunden war. Doch die waren ja noch in der Schule und schrieben möglicherweise gerade eine Mathematikarbeit, dachte Kathleen mitfühlend, die selbst immer gut in Mathematik gewesen war.

Als Kathleen mit einem Teller dampfender Suppe und einem Brotkorb aus der Küche zurückkehrte, saß ein zweiter Mann in ihrem Café. Er hatte sich hinter dem jungen Elektriker an den nächsten Tisch gesetzt und sah aus dem Fenster.

„So, etwas zum Aufwärmen für den jungen Herrn", lachte Kathleen, wünschte dem Elektriker einen guten Appetit und ging direkt zu dem zweiten unbekannten Gesicht an diesem Tag.

„Hallo, was kann ich denn Gutes für Sie tun?", begrüßte sie den Fremden, dessen Gesicht von der rauen

Seeluft gezeichnet war. Es hatte eine frische Farbe, doch es war mit tiefen Falten übersät. Dieser Mann musste viele Jahre draußen auf dem Meer gearbeitet haben. Kathleen kannte sich mit Gesichtern gut aus, und dieser Mann war eindeutig ein Seemann.

„Kaffee schwarz, bitte", sagte er mit einer unangenehm leisen Stimme, ohne dabei seinen Kopf zu drehen. Er saß entspannt in das lederne Polster der Sitzbank versunken und starrte aus dem Fenster in den leeren Hafen, wo eigentlich nichts Besonderes zu sehen war. Doch er schien etwas zu sehen. Vielleicht sah er etwas, das nicht jetzt da war, sondern früher, überlegte Kathleen und ging nach hinten um dem Mann seinen Kaffee zu holen.

Als sie mit der Kaffeetasse auf einem Tablett zu dem Mann zurückkehrte, schob er sich die Ärmel seines hellen Rollkragenpullovers nach oben und setzte sich vor. Mit beiden Händen fasste er die dampfende Kaffeetasse und sah Kathleen durch den aufsteigenden Dunst an.

„Der Nebel ist nicht mehr zurückgekommen?", fragte er unvermittelt und sah Kathleen ausdruckslos an. Der Cafébesitzerin wäre fast das Tablett aus den Händen geglitten.

„Entschuldigung?", wunderte sie sich über die seltsame Frage.

„Na, der leuchtende Nebel, kam er wirklich nicht mehr zurück nach Cornish Cove?", versuchte er die Frage genauer zu stellen und hob seine Augenbrauen fragend in die Höhe.

„Tut mir leid, ich kann ihnen nicht helfen", beendete Kathleen das Gespräch und drehte sich vom Tisch weg.

„Ich glaube, dass Sie das sehr wohl können –", wurde die Stimme des Fremden jetzt unfreundlich und er stützte sich vom Tisch ab um aufzustehen –, was ihm allerdings nicht gelang. Eine kräftige Hand beförderte ihn ruckartig auf die Polsterbank zurück.

„Sie trinken jetzt schön ihren Kaffee und dann verschwinden sie. Verstanden?"

Überrascht sah der Fremde in eiskalte blaue Augen, die ihn wütend ansahen. Zwei vor der Brust gekreuzte Arme ließen angespannte Muskeln erkennen und der junge Mann, der vor ihm stand, wirkte sehr entschlossen.

„Nicken Sie, wenn Sie das verstanden haben."

Der Fremde wippte umgehend mit dem Kopf und griff nach der Kaffeetasse, die er in einem Zug leerte. Dann knallte er mit zittrigen Händen etwas Kleingeld auf den Tisch und ging zur Tür, wo seine schwarze Regenjacke tropfend an einem Kleiderständer hing. Als er den Reißverschluss der Jacke hochzog, schenkte er Kathleen und dem jungen Mann ein schiefes Lächeln und mit den Worten: Schönen Gruß an Errol, verschwand der Fremde aus der Tür.

„Wer war denn das?", fragte Connor und spürte, wie die Frau neben ihm zitterte.

„Ich habe keine Ahnung", schüttelte sie verwirrt den Kopf.

„Und was meinte er mit: Grüße an Errol?"

„Nun, es gibt einen Errol hier in Cornish Cove, doch was der mit diesem komischen Kauz zu schaffen hat, kann ich Ihnen beim besten Willen nicht sagen", war Kathleen ratlos und sah den Mann an ihrer Seite dankbar an. „Zum Glück waren Sie hier. Ich weiß nicht was er noch gemacht hätte, wenn Sie nicht da gewesen wären."

„Kein Problem", grinste der junge Mann und machte sich bereit zum Gehen.

„Wie heißen Sie eigentlich?", fragte Kathleen.

„Mein Name ist Connor O'Malley", sagte er und seine blauen Augen waren jetzt wieder voller Wärme. „Es ist gut möglich, dass ich bald wieder in Cornish Cove sein werde, dann schaue ich auf jeden Fall bei Ihnen vorbei."

„Ja, machen Sie das, Connor O'Malley."

„Was bin ich Ihnen schuldig?", fragte er und wühlte in der Brusttasche seines Overalls.

„Geht aufs Haus", sagte Kathleen grinsend und begleitete Connor zur Ladentür, die in dem Moment aufsprang, als sie ihre Hand nach dem Griff ausstreckte und in die erstaunten Augen ihrer Tochter sah.

„Ma, was machst du denn hier?", war Lizzy überrascht und stürmte mit Dee in das Café ihrer Mutter.

„Ich arbeite hier?!", lachte Kathleen und verabschiedete Connor mit einem dankbaren Lächeln.

„Wer war der Mann?", war Lizzy neugierig und ließ sich auf ihren Stammplatz fallen.

„Das würdest du wohl gerne wissen, was?" grinste Kathleen und begrüßte Dee mit einem Augenzwinkern, der sich Lizzy gegenübersetzte.

„Und was macht ihr schon hier?", stellte Kathleen eine Gegenfrage und räumte Teller und Tasse von

Connor O'Malley auf ihr Tablett. Den Brotkorb hatte sich ihre Tochter geschnappt und sah ihre Mutter kauend an.

„Ich habe zuerst gefragt, Ma. Wer war das, dass du ihm die Tür aufmachen wolltest?"

Als Kathleens Gesicht erstarrte, was Lizzy so noch nie bei ihrer Mutter gesehen hatte, wusste sie, dass etwas Ungewöhnliches passiert sein musste. Und als ihre Mutter im nächsten Moment anfing zu zittern, stand Lizzy auf und drückte ihre Mutter, die sich dann mit ihr auf die Sitzbank sinken ließ.

„Ma, was ist denn nur passiert?", war Lizzy besorgt und hielt die Hand ihrer Mutter, die sich langsam wieder beruhigte.

„Da war dieser seltsame, Mann", begann Kathleen.

„Der von gerade?"

„Nein, der hat mich gerettet", sagte Kathleen und wollte sich nicht ausmalen, was hätte geschehen können, wenn Connor nicht da gewesen wäre. Lizzy ließ ihrer Mutter Zeit.

„Connor kam zuerst in das Café, er hatte heute bei Jenny im Leuchtturm gearbeitet und war hungrig. Als ich mit seinem Essen zurückkam, war da dieser andere alte Mann, den ich noch nie in meinem Leben gesehen habe. Er wusste vom leuchtenden Nebel und er fragte mich, ob der Nebel wirklich nicht zurückgekehrt wäre. Ich sagte ihm, dass ich nicht wüsste, wovon er sprechen würde, schließlich wissen nur Einheimische von dem leuchtenden Nebel. Meine Antwort machte ihn anscheinend so wütend, dass er auf mich losgehen wollte. Connor ging dazwischen und hat ihn rausgeschmissen."

„Er ging auf Sie los?", war Dee erschüttert, dass so etwas hier in Cornish Cove passieren konnte.

„Ja, verrückt, nicht wahr?", war Kathleen ebenfalls geschockt und berichtete was noch passiert war.

„Und als der Fremde ging, sagte er, dass wir Errol grüßen sollen."

„Errol?", wiederholte Lizzy automatisch den Namen.

„Ja, er sagte Errol", konnte Kathleen immer noch nicht begreifen, was der Mann eigentlich hier gewollt hatte.

„Ab jetzt wirst du hier nicht mehr alleine arbeiten, verstanden?", musste Lizzy etwas tun auch wenn es nur eine Entscheidung war, die sie traf. Untätigkeit und Gleichgültigkeit hasste sie ebenso, wie einen leeren Magen, den sie leider auch verspürte. „Ma, du bleibst sitzen, ich hole uns erstmal was zu essen und dann überlegen wir gemeinsam, was wir machen können. Dee, du passt auf meine Mutter auf", gab Lizzy ihrem Freund eine Aufgabe und verschwand Richtung Küche.

Der See im Bücherladen

„Mami, mir ist kalt", beklagte sich Siamsa, die zitternd ihre nassen Kleider betrachtete. In der Aufregung vorhin hatte sie die Kälte gar nicht gespürt, doch als sie jetzt zur Ruhe kam, nachdem sie gemeinsam die Tür abgedichtet hatten, bemerkte sie, wie unbehaglich sie sich fühlte. Ophelia und Laudelina ging es nicht anders. Sie hockten nebeneinander auf dem nassen Teppich und drückten ein letztes Mal auf die wassergetränkten Handtücher und Lappen, die den Türschlitz gut abdichteten.

„Mir auch, Süße." Ophelia war erschöpft und erleichtert zugleich. „Wir haben es geschafft, der Regen hat aufgehört."

Mit einem Blick in ihr Geschäft konnte Ophelia abschätzen, dass der Schaden nicht groß sein würde. Die Bücherei lag ungünstigerweise am unteren Ende einer abschüssigen Gasse, wo sich bei starkem Regen das Wasser regelmäßig staute. Daher gab es öfter mal eine kleine Überschwemmung in ihrem Laden, wenn es vorher keine Warnung gegeben hatte und sie keine Vorkehrungen treffen konnte. Doch selbst für diesen Fall hatte sich Ophelia einen Nasssauger gekauft, der ihr heute gute Dienste leisten würde. Den Teppich würde sie bis heute Abend abgesaugt haben und in ein bis zwei

Tagen würde er wieder vollkommen trocken sein. Deshalb machte sich Ophelia auch keine Sorgen um den Teppich, sondern eher um Siamsa und Laudelina. Die beiden sollten schnellstens aus ihren nassen Klamotten kommen, bevor sie sich noch erkälteten.

„Geht ihr ruhig", forderte sie Laudelina und ihre Tochter auf. „Ich komme jetzt alleine klar. Ihr solltet euch schnellstens trockene Sachen anziehen."

„Bist du dir sicher, dass du jetzt alleine zurechtkommst?", wollte Laudelina nur ungern gehen, während Siamsa bereits mit schmatzenden Schritten über den nassen Teppich auf die Wendeltreppe zu lief um in die Wohnung in der oberen Etage zu gelangen.

„Absolut", versicherte Ophelia. „Es sieht schlimmer aus, als es ist.", nickte sie ihrer Freundin zu, die jetzt wieder an den Grund denken konnte, der sie hergebracht hatte: Das Buch, das den Zufall erklärt.

„Wenn du dir so sicher bist", lachte Laudelina, die insgeheim froh war, bald aus den nassen Klamotten zu kommen. „Ich glaube, ich werde Lizzy mal fragen, ob sie etwas weiß. Sie liest doch so viel."

„Genau! Lizzy, könnte dir vielleicht weiterhelfen", meinte Ophelia zustimmend und hoffte für ihre Freundin, dass sie Glück haben würde.

Kathleen

Dee konnte Mrs Ryder ansehen, dass sie diesen Vorfall noch verarbeiten musste. Sie saß ihm gegenüber und kaute angespannt auf ihrer Unterlippe, so wie es Lizzy immer tat, wenn sie nachdachte. Mit starrem Blick sah die Café Besitzerin aus dem Fenster und Dee konnte in ihr nicht die Frau erkennen, die er immer so offenherzig und selbstbewusst erlebt hatte. Sie wäre beinah angegriffen worden und das ohne Vorwarnung und zudem in ihrem eigenen Geschäft. Lizzy hatte recht, sie sollte vorerst nicht alleine im Café sein. Keiner wusste, wer dieser Fremde war, was er eigentlich wollte und ob er zurückkehren würde. Solange das nicht geklärt war, konnte man sie nicht alleine lassen. Mr Ryder konnte seiner Frau nicht helfen, weil er zusammen mit Dees Dad einen Job in Plymouth bekommen hatte. Die beiden kamen nur am Wochenende nach Cornish Cove. Den größten Teil der Woche verbrachten die Männer in Plymouth. Also musste eine andere Lösung gefunden werden, überlegte Dee.

On Air

In fünfundsechzig Metern Höhe stand Jenny auf der schmalen Brüstung des Leuchtturms, die wie ein runder Balkon um das beliebte Wahrzeichen herumführte. Ihr langes glattes Haar flog ihr um den Kopf, den sie hier draußen wieder frei bekam. Manchmal ging sie hinaus, wenn sie sich über irgendetwas aufgeregt hatte oder es gab Tage, an denen ihre Gedanken so durcheinander waren, dass sie geordnet werden mussten. Dann kam sie hierher. Und das funktionierte immer. Hier oben an der frischen Luft kam sie zur Ruhe, tankte neue Energie, sortierte ihre Gedanken und wusste dann, wie sie ein Problem anzugehen hatte. Mit beiden Händen hielt sie sich am Geländer fest, sah dem Unwetter hinterher, das mittlerweile westlich am Horizont verschwand und überlegte, was sie gleich sagen würde, wenn sie wieder auf Sendung ging. Mit geschlossenen Augen atmete sie ein paar Mal tief ein, nickte mit dem Kopf und stieß sich vom Geländer ab. Frisch gestärkt öffnete sie die Tür zum Studio, ging auf den Barhocker zu und setzte sich. Was sie zu sagen hatte wusste sie, also zog sie das Radiomikrofon an ihren Mund und drückte die Sprechtaste. Ein kleiner Kasten, der oberhalb der Theke an der Rückseite des Gitterkäfigs des alten Aufzugs befestigt war, begann rot zu leuchten und zwei Worte wurden sichtbar: On

Air. Jenny war wieder auf Sendung und hatte Neuigkeiten für die Bewohner von Cornish Cove.

„Hallo Freunde, hier spricht Jenny von CCR, eurem Cornish Cove Radio und ich habe Neuigkeiten für euch. Heute Vormittag, zog ein Inlandstief über den Ort, das eine gehörige Menge Starkregen zu uns brachte. Leider gab es genau zu diesem Zeitpunkt ein technisches Problem im Leuchtturm, sodass ich euch nicht frühzeitig warnen konnte. Das tut mir sehr leid. Aber ich kann euch versichern, dass mit der Anlage wieder alles in Ordnung ist ...“

Schlechte Nachrichten

Scott McCanzie drehte an dem Frequenzregler bis Jennys Stimme klar und deutlich in der Kabine der Vanessa Mae erklang, die vor der Küste von Sennen Cove vor Anker lag. Alfred, Claire und Errol lauschten ebenfalls gespannt den Worten, die aus dem kleinen Lautsprecher des tragbaren, batteriebetriebenen Radios drangen. Im zehn Kilometer entfernten Cornish Cove saß die junge Jenny oben im Leuchtturm und versorgte ihre Umgebung mit wichtigen Informationen, die sie alle beschützen sollten. Dafür war ihr Scott - als Kapitän - sehr dankbar.

„Ich rechne damit", setzte Jenny ihre Durchsage fort, „dass wir im Verlauf des Nachmittags und des Abends immer wieder mit solchen Unwettern rechnen müssen."

Ophelia, die sich auf das Saugrohr des Nasssaugers abstützte, stöhnte auf, als sie Jennys Warnung hörte. Sie hatte ihre kleinen, kabellosen Kopfhörer in den Ohren und war mit dem Radiosender verbunden, als sie begann, ihren Teppich trocken zu saugen. Sie würde nachher noch die Sandsäcke zum Schutz vor weiteren Regenmassen vor die Eingangstür legen müssen.

Noch mehr Unwetter? Was hatte das zu bedeuten? Eine Etage über Ophelia riss die kleine Siamsa erschrocken die dunklen Augen auf. Einzig ihr Kopf guckte zwischen den vielen Kissen, die sie umgaben, hervor. Sie hatte sich umgezogen und war sofort in ihr geliebtes, kuschelig warmes Bett gegangen. Sie hatte ihrer kleinen Zauberkugel, die sie Alexa nannte, befohlen, den örtlichen Radiosender abzuspielen. Das konnte Alexa und noch viel, viel mehr. Sie konnte ihr sagen, wie spät es war oder wie viele Tage es noch bis Weihnachten waren. Sie konnte ihr Witze erzählen, wenn sie traurig war und sie beantwortete ihr jede Frage. Und sie sagte nie, ich habe jetzt keine Zeit für dich. Sie war immer für sie da. Deshalb war Alexa eine ziemlich gute Freundin. Es war nur schade, dass Alexa nicht laufen konnte, dachte Siamsa oft. Doch das würde sie sich vom Weihnachtsmann wünschen, dass er Alexa Arme, Beine und ein Gesicht schenkte. Das war ihr größter Wunsch.

Als Siamsa Jennys Stimme hörte, die sagte, dass sie sich wieder melden würde und dann langweilige Musik abspielte, setzte sich Siamsa aufrecht in ihr Bett und befahl ihrer Freundin Alexa mit einer schwungvollen, prinzessinnengleichen Bewegung ihrer Hand, ihr einen Witz zu erzählen. Und das tat ihre Zauberkugel: „Was sagt das eine Reh zum anderen? Fröhliche Geweihnachten[1]." Siamsa fiel vor Lachen fast aus dem Bett.

---

[1] Alle in dieser Geschichte beschriebenen Antworten stammen tatsächlich von einer Alexa

Stimmen im Radio

In dem kleinen Café am Hafen hallten Jennys letzte Worte aus den Lautsprechern in der Decke, bevor sie von einem Popsong abgelöst wurden.

„Wir sollten das Radio eingeschaltet lassen", meinte Kathleen, die irgendwie das Gefühl hatte, das etwas mit diesem Tag nicht stimmte. Graues Wetter mochte sie ohnehin nicht, wenn es dazu noch regnete, wurde sie meist melancholisch, weil es sie an den Tag erinnerte, als damals ihr Mann während eines Sturmes im Nebel verschwand. Sie konnte immer noch nicht glauben, wie das geschehen konnte und dass der Nebel ihren Mann wieder hatte gehen lassen. Das war alles so unwirklich gewesen, dass ihr Kopf damit noch nicht klarkam. Und jetzt tauchte dieser Fremde aus dem Nichts auf und hatte sie bedroht. Warum traf es immer wieder sie und ihre Familie?

Auf der Vanessa Mae hörten die vier alten Freunde Jennys abschließende Worte: „Ihr müsst euch keine Sorgen machen. Ich werde euch frühzeitig warnen, sobald ein weiterer Tiefausläufer unseren Ort erreichen sollte und natürlich werde ich auch das Wetter auf dem Meer im Blick behalten, für die hartgesottenen Wasserratten, die heute da draußen auf dem Atlantik vor unserer

Küste herumschippern - ich denke natürlich auch an euch."

Scott, Alfred, Claire und Errol mussten grinsen und stießen ihre Gläser aneinander: „Auf unsere Jenny!", lachten sie und prosteten sich zu.

„Also schaltet euer Radio nicht aus", kam Jenny mit ihrer angenehm warmen Radiostimme zum Ende ihrer Durchsage, „dann bleibt ihr gut informiert und bestens unterhalten mit einem Mix aus Rock, Pop und Klassik. Viel Vergnügen dabei."

Connor O'Malley sah kurz auf sein Autoradio und steuerte den weißen Transporter seiner Firma tiefer ins Landesinnere Richtung Plymouth. „So lange ich dich empfangen kann, werde ich dir gerne zuhören, schöne Lady", grinste er und dachte an die junge Frau aus dem Leuchtturm, die ihm nicht mehr aus dem Kopf ging. Es gab viele Gründe, nach Cornish Cove zurückzukehren, dachte er und drückte aufs Gaspedal.

Jenny startete das Tonbandgerät und drückte zum Ausschalten des Mikrofons ein weiteres Mal die Sprechtaste. Das rote Licht erlosch und sie fühlte sich einerseits erleichtert einen guten Job zu machen, aber auch verloren. Zu oft war sie alleine hier oben in dem meist kalten Leuchtturm. Doch sie konnte sich nicht beklagen. So war nun einmal ihr Job und sie hatte sich ja für die Einsamkeit entschieden, als sie vor Jahren hierher nach Cornish Cove gekommen war. Hier hatte sie wieder alles in den Griff bekommen und das war ihr auch heute gelungen. Das Unwetter am Vormittag hatte glücklicherweise keine großen Schäden angerichtet und sie würde das Satellitenbild und die zusätzlichen Monitore und Anzeigen nun genauestens im Blick behalten. Alles war unter Kontrolle, dachte sie und schenkte sich eine Tasse heißen Kaffee aus ihrer Thermoskanne ein.

Auf zum Café

Laudelina hatte sich Zuhause nur schnell umgezogen und war nun auf dem Weg zu Kathleens Café, weil sie erstens Gesellschaft brauchte und zweitens dort ein schnelles Essen bekommen würde. Sie hatte keine Lust gehabt, für sich alleine zu kochen und so war sie auf ihr Rad gestiegen und eilte vorsichtig über das glitschige Kopfsteinpflaster der Gassen von Cornish Cove Richtung Hafen. Wie gewohnt stellte sie ihr Rad in dem schmalen Durchgang zwischen den Häusern neben dem Café ab und richtete vergeblich ihr widerspenstiges Haar, bevor sie die Eingangstür öffnete.

„Laudelina, schön dich zu sehen", wurde sie herzlich von Lizzy begrüßt, die sie hereinkommen sah. „Komm, setz dich zu uns", forderte sie ihre gut zehn Jahre ältere Freundin auf, sich an den ersten Tisch am Fenster zu setzen, wo Lizzy und Dee gerade mit dem Essen fertig waren.

„Hallo Leute", grüßte Laudelina ihre jungen Freunde und berichtete ihnen von der Überschwemmung in der Bücherei und wie sie diese mit Ophelia und Siamsa gestoppt hatte.

Lizzy und Dee erzählten ihr, wie sie das Unwetter in der Schule erlebt hatten, und dass ihr Lehrer die Klasse hatte früher gehen lassen, weil er befürchtete, dass es noch weitere Unwetter geben würde und er wollte sie unbedingt zwischen den sintflutartigen Regenfällen nach Hause gehen lassen. Das hatte der Klasse natürlich gut gefallen, denn so mussten sie keine Mathematikarbeit in der sechsten Stunde schreiben, worüber alle sehr erleichtert gewesen waren, was Laudelina gut nachvollziehen konnte. Als Schulkind war Mathematik für sie immer so angenehm gewesen, wie ein Besuch beim Zahnarzt. Mittlerweile sah sie das allerdings anders. Zahlen machten ihr keine Angst mehr, im Gegenteil. Sie hatte einen kleinen Laden eröffnet, wo sie Yoga und Meditationskurse anbot und war eine richtige Geschäftsführerin geworden, und als solche, musste sie natürlich Einnahmen machen und verbuchen und auch eine Steuererklärung abgeben. Das hatte sie sich alles selbst beigebracht und kam erstaunlich gut zurecht.

„Da habt ihr ja Glück gehabt, was?", freute sich Laudelina mit Dee und Lizzy über deren frühen Schulschluss und sah auf die leeren Suppenteller.

„Was habt ihr denn gegessen?"

„Eine kräftige Rindfleischsuppe", sagte Kathleen, die zu ihrem Tisch kam und die Teller abräumte.

„Kathleen, wie geht es dir?", fragte Laudelina, die augenblicklich merkte, dass etwas mit ihrer Freundin nicht stimmte.

„Das können dir Lizzy und Dee erzählen. Ich hole dir lieber etwas zu Essen, einverstanden?"

Verwirrt sah Laudelina, wie Kathleen schnurstracks Richtung Küche verschwand und dann in die ernsten Gesichter ihrer jungen Freunde, die ihr aufgeregt zu erzählen begannen, was sie selbst erst vor Kurzem erfahren hatten.

„Das ist ja schrecklich. Sie wurde tatsächlich angegriffen? Ich bleibe hier bei Kathleen, gar keine Frage", meinte Laudelina sofort, weil sie es für selbstverständlich hielt, Kathleen zu helfen.

„Aber du hast doch selbst einen Laden", war Lizzy erstaunt über die Hilfsbereitschaft.

„Ich werde die Termine heute absagen und so lange hierbleiben, bis sich eine andere Lösung ergibt", hatte sich Laudelina entschlossen Kathleen auf keinen Fall alleine zu lassen.

„Warum warst du eigentlich in der Bücherei?", wollte Lizzy neugierig wissen, weil sie Laudelina dort nur selten begegnete. Lizzy war ein Bücherwurm und Ophelias Bücherei war für sie wie ein zweites Zuhause.

„Ich war auf der Suche nach einem ganz bestimmten Buch", begann Laudelina und weckte sofort die Neugierde von Lizzy und Dee, der in den letzten Monaten mehr Zeit in der Bücherei verbracht hatte. Lizzy hatte ihm einige Bücher vorgeschlagen, die er unbedingt lesen sollte und das hatte er auch getan. Jetzt wusste er, dass es spannende Geschichten und gute Bücher gab, die ihn regelrecht fesselten und die er am liebsten nicht aus der Hand legen wollte. Schließlich dachte er sich auch ständig irgendwelche Geschichten aus, die er in Kurzform aufschrieb. Später würde er sie ganz ausführlich aufschreiben, wenn er die Zeit dazu hätte. Die fehlte ihm nach wie vor.

„Nach welchem Buch suchst du denn?", wurde Lizzy ungeduldig.

„Ich suche nach einem Buch, das den Zufall erklärt", meinte Laudelina und hoffte ein kleines Bisschen, dass Lizzy, die sie mit großen Augen ansah, ihr vielleicht etwas dazu sagen konnte, weil sie ja so viel las.

„Den Zufall erklären?", fand auch Dee den Gedanken interessant.

„Genau!", begann Laudelina. „Stellt euch vor, man könnte wissen, ob alles Zufall ist oder ob es sich um Schicksal handelt. In dem einen Fall, passiert etwas einfach so, in dem anderen ist es vorherbestimmt. Denkt nur an das, was heute passiert ist, denkt an eure Klassenarbeit oder an das, was deiner Mutter passiert ist und dass da ein Beschützer war. War das alles Zufall oder sollte es genau so geschehen? Sorgen Zufälle vielleicht dafür, dass alles irgendwo hinführt? Diese Frage beschäftigt mich schon lange, und als ich hörte, dass es ein solches Buch geben würde, bin ich natürlich zuerst zur Bücherei von Ophelia gefahren."

Lizzy und Dee wurden nachdenklich.

„Also, ich kann mir kaum denken, dass das jemand wissen kann", sagte Lizzy schließlich und Dee, der ebenfalls skeptisch war meinte: „Trotzdem wäre es natürlich interessant, ein solches Buch zu lesen. Also ich würde es lesen wollen", grinste er Richtung Lizzy, die ihn anstrahlte. Sie war froh, dass sie Dee dazu bringen konnte Bücher zu lesen. Heutzutage war das sehr selten geworden – Kinder die gerne lasen. Deshalb war es schön, wenn es jemanden gab, mit dem sie sich über Bücher unterhalten konnte.

„Hm", überlegte Lizzy weiter und kaute sanft auf ihrer Unterlippe. „Von einem solchen Buch habe ich noch nie gehört, doch ich habe eine Idee, wen du noch fragen könntest", kam Lizzy ein Gedanke und sie grinste Laudelina an.

„Wen denn?", war Laudelina gespannt.

„Na, Jenny", lachte Lizzy. „Frag Jenny, sie könnte die Frage auch den Zuhörern im Radio stellen, sie erreicht doch so viele Menschen."

„Das ist die Idee!" Laudelina war begeistert. „Ich werde sie sofort anrufen. Vielleicht tut sie mir ja den Gefallen. Oh, das wäre großartig", klatschte sie sich voller Hoffnung in die Hände und kramte hastig nach dem Smartphone in ihrer Gesäßtasche.

Late-Night-Talk

Jenny saß an ihrem Schreibtisch und betrachtete sorg-
fältig die verschiedenen Monitore und die Wetterdaten,
die von einem kleinen Drucker ausgespuckt wurden.
Nachdenklich studierte sie den schmalen langen Zettel,
der wie ein Kassenbeleg in einem Supermarkt aussah.
Sie verglich die neuesten Werte mit denen auf einem
älteren Zettel und sah zurück auf den Monitor, als das
Telefon klingelte.

„Sie sprechen mit CCR, was kann ich für Sie tun?",
sprach Jenny ihre übliche Begrüßung und hielt den Hörer zwischen Schulter und Kinn gepresst, damit sie beide
Hände frei bewegen konnte.

„Hallo Jenny, hier spricht Laudelina", hörte sie die
aufgeregte Stimme ihrer Freundin.

„Hallo Laudelina, was kann ich für dich tun?"

„Du, ich hätte da mal eine Bitte –", begann Laudelina
von dem Buch zu erzählen und was Jenny für sie tun
könnte. Jenny schob nachdenklich ihre Augenbrauen
zusammen und überlegte, wie sie ihrer Freundin helfen
konnte. Sie müsste die Frage nach dem Buch irgendwie
in ihr Radioprogramm einbauen, ohne dass es störend
wirkte. Sie brauchte nur Sekunden, bis ihr die rettende
Idee kam.

„Ich weiß, wie ich es machen werde", freute sich
Jenny, dass sie zwei Fliegen mit einer Klappe schlagen
konnte.

„Wirklich?", jubelte Laudelina und Jenny erklärte.

„Ich hatte sowieso vor, eine Late-Night-Talk-Sendung zu machen, weißt du?"

„Eine Talk-Sendung?", war Laudelina erstaunt.

„Genau. Ich hatte zuerst vor, alles dem Zufall zu überlassen, ist das nicht komisch?", musste Jenny in den Hörer grinsen. „Doch ich kann ja genauso gut ein Thema vorgeben: nämlich den Zufall."

„Ja, natürlich." Laudelina freute sich, dass Jenny so einfallsreich war.

„Alles klar", schloss Jenny. „Du wirst es gleich im Radio hören, Laudelina. Sorry, aber ich muss Schluss machen."

„Natürlich. Vielen Dank, Jenny!" Laudelina war begeistert und strahlte Lizzy und Dee an.

Jenny ahnte, dass Laudelina mit ihren jungen Freunden im Café bei Kathleen saß. Die alte Clique war wieder zusammen und würde gespannt auf ihre nächste Durchsage warten. Jenny überprüfte ein letztes Mal die Daten, die sie bekommen hatte. Dann ging sie rüber zu der Theke und zog das Mikrofon zu ihrem Mund, ohne sich auf den Barhocker zu setzen. Stehend räusperte sie sich, drückte die Sprechtaste und das kleine Kästchen begann wieder rot zu leuchten. Jenny war auf Sendung.

„Hallo liebe Freunde von Cornish Cove. Hier spricht Jenny oben aus dem Leuchtturm und ich habe zwei Nachrichten für euch; eine Gute und eine weniger Gute. Die weniger Gute lautet, dass uns in wenigen Minuten das nächste Regenband mit Starkregen und stürmischen Winden überqueren wird. Also bleibt am besten

Zuhause oder dort, wo ihr gerade in Sicherheit seid. Die gute Nachricht ist, dass ich euch ab jetzt regelmäßig an den Wochenenden eine Late-Night-Talk-Sendung anbieten möchte. Ich werde dazu ein Thema vorgeben und dann habt ihr die Möglichkeit eure Meinung dazu zu erzählen. Heute wurden bei mir sechs Telefonleitungen freigeschaltet, sodass mehrere Zuhörer gleichzeitig anrufen können. Damit niemand Angst haben muss an seiner Stimme erkannt zu werden, hat mir ein Techniker eine Stimmverzerrungssoftware installiert, die eure Stimmen verändern wird. Also scheut euch nicht bei mir anzurufen, denn nur durch eure Anrufe wird diese Sendung erst möglich."

Es wird niemand an seiner Stimme zu erkennen sein, grinste Connor O'Malley und sah voller Vorfreude durch die Windschutzscheibe seines Vans, der über die Landstraße raste.

Countdown

Laudelina saß mit Lizzy und Dee auf dem Stammplatz der Clique in Kathleens Café und alle vier lauschten Jennys Worten, die aus den kleinen Lautsprechern in den Laden drangen. „Ich bin so gespannt", freute sich Laudelina und war ganz aufgeregt, wer alles anrufen würde. Lizzy und Dee freuten sich ebenfalls über die Abwechslung im Radioprogramm. Lizzy las gerne, und eine gute Radiosendung, bei der man ebenfalls nichts sehen konnte und sich alles vorstellen musste, so, wie es beim Lesen der Fall war, das liebte sie. Hörbücher weckten ihre Phantasie. Ebenso erging es Dee, ihrem besten Freund, der bekanntlich sehr viel Phantasie besaß. Stets war er mit einem kleinen Notizblock bewaffnet, um eine Idee, wenn sie in seine Gedanken drang, sofort aufzuschreiben. Denn er hatte die Erfahrung gemacht, dass Ideen schneller verschwanden, als ein schöner Moment. Wie ein schlüpfriger Frosch entglitten sie einem und verschwanden für immer in einem Teich voll trüben Wassers. Man musste sie festhalten, und zwar schriftlich, in dem kurzen Moment, in dem man sie halten konnte. Im nächsten waren sie auf nimmer Wiedersehen verschwunden und man spürte nur noch eine große Leere, wo sie gerade noch gewesen waren. Aus den vielen kleinen Gedanken, die urplötzlich in seinem Kopf erschienen, formte Dee spannende Kurzgeschichten, die er mittlerweile in der Schülerzeitung veröffentlichen durfte.

„So, liebe Freunde", machte Jenny es spannend. „Ich würde gleich ganz gerne einen Probelauf machen um zu sehen, wie diese Sendung funktioniert. Jetzt sind ja noch einige Menschen wach und können ihre Meinung und Erfahrung zu folgendem Thema mit uns teilen –", Jenny machte eine dramatische Pause, „und unser heutiges Thema lautet: Zufall! Was denkt ihr über den Zufall und wie erlebt ihr ihn oder was bedeutet er euch? Mehr will ich nicht sagen. Macht euch schon mal eure Gedanken und in einer halben Stunde werden wir die Sendung starten. Dann schalte ich die Telefonleitungen frei und ihr erreicht mich unter CCR880205. Also, ich freue mich auf euren Anruf", endete Jenny und spielte den Blondie Song „Call Me".

Siamsa lag in ihrem Bett und schaute zwischen ihren Kissen hervor. Verwundert sah sie zu Alexa, die gerade den lokalen Radiosender abgespielt hatte.

„Alexa, erkläre mir den Zufall", sprach sie ihre Zauberkugel an, die prompt antwortete: „Von Zufall spricht man, wenn für ein einzelnes Ereignis oder das Zusammentreffen mehrerer Ereignisse keine begründete Erklärung gefunden werden kann." Siamsa verzog ihren Mund als ob sie in eine Zitrone gebissen hätte und dachte nach.

Wie war das mit dem Unwetter und dem Wassereinbruch heute im Laden gewesen? Wenn sie nach oben gegangen wäre, überlegte Siamsa, hätte sie ihre Mutter nicht warnen können, dann wäre die Bücherei überflutet worden …

„Alexa, was ist Schicksal?", stellte Siamsa die nächste Frage an ihre allwissende Freundin.

„Schicksal oder Los, im Islam Kismet, ist der Ablauf von Ereignissen im Leben des Menschen, die als von höheren Mächten vorherbestimmt oder von Zufällen bewirkt empfunden werden, mithin also der Entscheidungsfreiheit des Menschen entzogen sind."

Siamsa schüttelte ihren Kopf und ihre langen Haare flogen wild umher.

„Alexa, das verstehe ich nicht", rief sie und bekam umgehend eine Antwort: „Das kenne ich sehr gut. So geht es mir auch oft." Siamsa bekam so langsam den Eindruck, dass mit ihrer Freundin etwas nicht stimmte. Vielleicht waren die Fragen doch zu schwer für sie gewesen? Siamsa entschied sich, ihrer Zauberkugel mit Macken eine leichtere Aufgabe zu stellen.

„Alexa, spiel wieder CCR", befahl sie stattdessen und kuschelte sich schläfrig in ihre Kissen. Alexa brabbelte irgendetwas undeutliches, bevor Rockmusik aus der kleinen Kugel erklang.

Vor der Küste von Sennen Cove

Scotty und seine Freunde lagen immer noch vor Sennen Cove vor Anker und lauschten der Musik, die aus dem tragbaren Radio drang.

„Jenny hat sich wieder einmal was Tolles einfallen lassen", war Scotty begeistert und versuchte den Radiosender klarer einzustellen. Alfred und Claire sahen sich verliebt an. Sie hatten wieder zueinander gefunden nach all den Jahren und sie wussten auch nicht, ob sie es Zufall oder Schicksal nennen sollten. Errol kannte den Zufall, er war ein Spieler gewesen und er hatte oft mit dem Zufall gespielt. Zum Schluss hatte er ahnen können, wer gute Karten bekommen würde und auch wann. Das alles war nämlich gar kein Zufall mehr für ihn gewesen. Im Lauf der Zeit hatte Errol für den Zufall ein Gespür entwickelt und so hatte er die Glory Days zurückgewinnen können. Doch dann war es wohl sein Schicksal gewesen, dass ihn Alfred aus Kummer und Wut verflucht hatte und er in dem Nebel eingesperrt wurde. Jetzt war er froh, sein Leben zurückbekommen zu haben und er versuchte weder an das Schicksal noch an den Zufall zu denken. Er wollte einfach nur leben.

Los geht's

„So, liebe Freunde, es ist so weit", erklang Jennys sanfte Radiostimme nicht nur im Café von Kathleen Ryder, wo außer ihr noch Lizzy, Dee und Laudelina gespannt lauschten. Sie erklang auch in dem weißen Lieferwagen, in dem Connor O'Malley erwartungsvoll auf sein Autoradio sah und natürlich auf der Vanessa Mae, wo alle gespannt waren, was die Zuhörer zum Thema Zufall zu erzählen hatten. Als Scotty seinen Freunden eine heiße Schokolade zubereitete, gab Jenny oben im Leuchtturm den Startschuss.

„Die Leitungen sind nun freigeschaltet und wie ich sehe, habe ich bereits den ersten Anrufer in der Leitung. Hallo, was möchten sie uns zum Thema Zufall erzählen?"

„Hallo", erklang eine Stimme krächzend und abgehackt, als ob ein Papagei sprechen würde. Jenny musste grinsen, als sie hörte, wie der Stimmenverzerrer funktionierte, den ihr Connor O'Malley eingebaut hatte. „Ich habe meinen Ehering vor dreißig Jahren beim Umgraben im Garten verloren", sprach der Papagei. „Jahrelang habe ich nach ihm gesucht, immer wieder die Erde umgegraben, vergeblich. Und dann vor Tagen wuchs ein Sprössling einer Osterglocke aus dem Boden empor und was soll ich ihnen sagen, was auf der Spitze eines langen Blattes steckte? Mein verlorener Ehering."

„Das ist ja wirklich ein unglaublicher Zufall", stimmte Jenny dem Anrufer zu, der sicher sein konnte, dass ihn niemand an der Papageienstimme erkannt hatte.

Connor starrte auf das Autoradio und wunderte sich über den sprechenden Papageien. Das hatte er so nicht erwartet und suchte nach dem Knopf um die Lautstärke etwas höher einzustellen. Als er wieder hochsah raste er direkt auf eine Schafherde zu, die plötzlich vor ihm auf der Straße stand. Erschrocken riss er das Lenkrad herum und machte eine Vollbremsung. Im nächsten Moment landete sein Van krachend im Straßengraben.

Jetzt leuchteten alle Lämpchen auf dem Kontrollkästchen auf, die Jenny signalisierten, dass weitere sechs Zuhörer in den Leitungen warteten.

„So, wir haben den zweiten Anrufer", freute sich Jenny, dass die Menschen von Cornish Cover so aktiv mitmachten und drückte die entsprechende Taste. Eine hohe, quietschige Stimme, die einer Barbiepuppe entspringen könnte, erklang:

„Ja, hallo! Also, ich bin Mal auf der Suche nach einem Buch durch alle Büchereinen Londons gezogen, und sie können sich ja denken, wie viele Büchereien es dort gibt, oder? Doch nirgends war das Buch zu bekommen. Man sagte mir sogar, dass es gar nicht mehr gedruckt würde. Enttäuscht setzte ich mich dann in einen dieser Doppeldeckerbusse um nach Hause zu fahren. Der Bus war sehr voll. Menschen stiegen ein und aus. Doch nach einer Weile fuhr ich fast alleine durch die Vororte der Stadt. Es waren nur noch wenige Haltestellen bis zur

Endstation, als ich mich in dem leeren Bus umsah. Und dann habe ich es entdeckt. Jemand hatte etwas auf dem Sitz liegenlassen oder verloren, ich weiß es nicht. Ich weiß nur, dass ich aufgestanden bin und als ich es hochhob, sah ich, was es war. Es war genau das Buch, nach dem ich so vergeblich gesucht hatte. Ist das zu fassen?[2]"

„Wow, das ist ja wirklich eine unglaubliche Geschichte", war Jenny begeistert und wollte eigentlich direkt den nächsten Anrufer zu Wort kommen lassen, doch vorher meldete sich ihr kleiner Drucker zu Wort, der die neuesten Wetterdaten ausspuckte. „Freunde, wir machen eine kurze Pause", sagte Jenny knapp und schaltete das Tonbadgerät ein, das Musik für vier Stunden abspielen konnte.

Sie eilte zum Drucker, riss den Zettel mit den neuen Wetterdaten ab und sah besorgt, was sich auf ihren Monitoren tat. Dann warf sie einen Blick auf die Werte, die das Anemometer - der Windmesser - lieferte und ging zurück zur Theke und griff nach dem Radiomikrofon.

„Liebe Freunde, ich hatte es angekündigt, der nächste Tiefausläufer wird in wenigen Minuten Cornish Cove erreichen und abermals stürmische Winde und Starkregen zu uns bringen. Doch so etwas sind wir ja gewohnt, nicht wahr? Also schließt alle Türen und Fenster, macht es euch gemütlich und vielleicht habt ihr ja auch Lust uns eure Geschichte über den Zufall zu erzählen? Nach dem nächsten Song, könnt ihr das jedenfalls tun."

---

[2] Diese Geschichte soll Sir Anthony Hopkins tatsächlich passiert sein, als er ein junger Schauspieler war.

Jenny drückte die Sprechtaste, das On Air Zeichen erlosch und sie hörte, wie der einsetzende Regen auf das Metalldach des Leuchtturms prasselte. Ihr Tonbandgerät spielte ausgerechnet „I wish it would rain down" von Phil Collins und das war schon wieder so ein Zufall, den man eigentlich kaum glauben konnte, dachte Jenny und rieb sich den verspannten Nacken. Was war das nur für ein seltsamer Tag? Irgendwie hatte sie das Gefühl froh zu sein, wenn er vorüber wäre. Sie goss sich eine weitere Tasse Kaffee aus ihrer Thermoskanne ein und nahm einen kräftigen Schluck, bevor sie die Musik ausblendete und wieder auf Sendung ging.

Fügung

In den Häusern von Cornish Cove, in Kathleens Café und weiter entfernt auf der Vanessa Mae, hatten die Menschen Jennys Sendung verfolgt und amüsierten sich über die lustigen Stimmen der Anrufer.

„Ich bin mal gespannt", wie der Nächste klingen wird, freute sich Lizzy, dass es bald weiter ging. Scott und seine Freunde hatten ebenfalls Spaß. Nur, ob das an der Radiosendung lag oder an der zweiten Tasse heißer Schokolade mit Schuss, konnte man nicht so genau sagen.

Connor O'Malley war wieder auf der Straße. Ein vorbeifahrender Bauer hatte seinen Van mit seinem Traktor noch rechtzeitig vor dem nahenden Sturm aus dem Graben gezogen. Jetzt saß er konzentriert hinter dem Steuer und war gespannt, wie die Sendung weitergehen würde.

Ophelia stand am Fenster des Kinderzimmers und schaute besorgt hinaus, wo jetzt das zweite Unwetter des Tages über den Ort hereinbrach.

„Schätzchen, ich gehe besser kurz runter um zu sehen, dass kein weiteres Wasser in den Laden läuft. Ok?"

„Natürlich Ma", antwortete eine schläfrige Siamsa, der die Musik im Radio gar nicht mehr gefiel.

„Also, das war Fügung, dass uns Phil Collins etwas über den Regen erzählen wollte", setzte Jenny ihre Sendung belustigt fort. „Wir sprachen über den Zufall und ich habe den nächsten Anrufer in der Leitung. Hallo, wie lautet denn ihre Geschichte?"

„Hallo Jenny, warum meldest du dich denn nicht mehr?", erklang eine drohende Stimme, die sie hoffte niemals wieder hören zu müssen. Doch da war sie und mit ihr kehrte die dunkle Vergangenheit zurück, zurück zu ihr in den Leuchtturm, der ihr doch Schutz geben sollte. Jennys Herz raste.

„Na, Jenny, was ist los?", wollte die Stimme, die sie so hasste, wissen. Entsetzt blickte sie auf das Kästchen mit den leuchtenden Lämpchen, ballte ihre Faust und schlug zu.

„Verschwinde!", schrie sie und hob ihre schmerzende Hand von dem kleinen Apparat, dessen leuchtende Knöpfe gestört flackerten bevor sie erloschen.

Der unbekannte Anrufer

Scott McCanzie sah verwirrt zu seinem tragbaren Kofferradio und dann in die großen, fragenden Augen seiner Freunde.

„Habt ihr das auch gehört?" In Sekundenschnelle sausten die Gedanken durch seinen Kopf: Wurde Jenny bedroht? - Hatte er das richtig verstanden? - Du musst etwas tun - Du darfst keine Zeit verlieren - Nicht wie damals auf der Veranda, als der Nebel kam.

Scott griff beherzt nach dem Funkgerät.

„Hier ist die Vanessa Mae. Ich rufe CCR. Jenny hörst du mich? Over."

Ein leeres Rauschen erklang in der Kabine, das nichts Gutes vermuten ließ. Gespannt wartete Scott und knetete ungeduldig das Sprechgerät in seiner Hand, während Alfred, Claire und Errol ihn besorgt ansahen. Scott wartete zehn Sekunden, bevor er das Handgerät zu seinem Mund führte und den Funkspruch wiederholte.

„Hier ist die Vanessa Mae. Ich rufe CCR. Jenny, ist alles ok bei dir? Over." Wieder setzte das leere Rauschen ein. Errol ging zum Radio und drehte vorsichtig am Frequenzregler um das Signal vom Cornish Cove Radio aufzuschnappen. Doch auf der gewohnten Frequenz war nichts zu hören. Radio CCR sendete nicht mehr.

Scott und Errol sahen sich an und hatten dieselbe Idee. Scott ging zum Ruder und startete den Motor, während Errol hinaus eilte um den Anker zu lichten.

„Wir wissen doch gar nicht, ob sie wirklich in Gefahr ist", grummelte Alfred, der ahnte, was die beiden vorhatten.

„Sie sagte: Verschwinde, bevor die Leitung tot war, ich muss nach ihr sehen. Ich muss wissen, dass es ihr gut geht", rief Scott gereizt und sah aus dem Frontfenster, wie Errol den Anker hochzog.

„Dann fahren wir direkt in das Unwetter, das weißt du, oder?", gab Claire zu bedenken.

„Das ist mir schon klar", entgegnete Scott und betätigte den Schubregler. Im nächsten Moment tuckerte das kleine Boot im leichten Wellengang vor Sennen Cove Richtung Heimat.

Hektisch wirbelten die Scheibenwischer des weißen Vans hin und her, der über die überflutete Landstraße schoss. Im hohen Bogen spritze das Wasser zu den Seiten, das jetzt sintflutartig vom Himmel fiel. Trotz eingeschalteten Scheinwerfern konnte Connor O'Malley kaum sehen wohin er fuhr, doch er war sich sicher, das Richtige zu tun.

In Kathleens Café saßen die vier auf dem Stammplatz der Clique, und waren erschrocken über Jennys letzten Ausruf. Verschwinde, hatte sie gesagt und dann war es still geworden. Der Radiosender sendete nicht mehr, nur hin und wieder waren seltsame Geräusche zu hören.

„Was sollte das denn jetzt?", wunderte sich Lizzy, die sich vorhin noch über die verzerrten Stimmen amüsiert hatte. Dee und Laudelina sahen besorgt nach draußen, wo es wieder schlagartig dunkel geworden war. Ein wahrer Wolkenbruch ging jetzt über dem Hafen nieder, den Cornish Cove derart heftig selten erlebte. Der Leuchtturm, der auf dem hinteren Ende der Landzunge Lands End stand, verschwand hinter einer Wand aus Regenschauern die stürmisch durch den Hafen peitschten.

„Bei Jenny im Studio ist wenigstens noch Licht an", rief Laudelina gegen die Lautstärke des Sturmes, der draußen vor dem Café heulte. „Ich versuche sie mal anzurufen", meinte Kathleen, stand auf und ging nach hinten zur Theke, wo ein Telefon an der Wand hing.

„Und?", fragte Lizzy ungeduldig.

„Sie geht nicht ran. Die Leitung scheint tot zu sein", berichtete Kathleen, die nicht wusste ob etwas oben im Leuchtturm passiert war oder ob der Sturm für einen erneuten Ausfall gesorgt hatte.

Er hat mich gefunden

Wie benommen stand Jenny zitternd vor ihrer Theke. Sie betrachtete ihre blutende Hand und überlegte, was gerade passiert war. Sie hatte seine Stimme gehört. Konnte das sein? Wie hatte er sie finden können? Nun, sie sprach im Radio, das war vielleicht nicht ihre beste Idee gewesen. Da hätte sie noch so weit fliehen können, er musste ja nur Radio hören um sie wiederzufinden.

„Ich Idiot", ärgerte sich Jenny über ihre eigene Dummheit, ausgerechnet diesen Job angenommen zu haben.

Aber ich liebe diesen Job, dachte sie.

Der Regen hämmerte mit jeder Sekunde lauter und bedrohlicher auf das metallene Dach des Leuchtturms und Jenny dachte an die Menschen, die Nachrichten über das Unwetter von ihr erwarteten.

Sie rannte zu ihrem Schreibtisch und sah entsetzt auf die Monitore. So ein Unwetter hatte sie in Cornish Cove noch nicht erlebt. Der kleine Drucker spuckte weitere Daten aus, die ihr gar nicht gefielen. Sie versuchte wie gewohnt den Zettel abzureißen, da fiel ihr wieder auf, dass sie blutete.

„Mist!"

Sie riss die oberste Schublade ihres Schreibtisches auf und griff nach dem Verbandszeug, das sich darin befand. Eilig sprühte sie Desinfektion, klebte sich ein Pflaster auf die Schnittwunde und drehte sich ungeschickt eine Mullbinde um Handfläche und Handrücken. Mit ihren Zähnen zog sie einen Knoten fest und riss den Zettel aus dem Drucker und rannte zurück zu ihrer Theke, auf der das kleine Kästchen, das der Elektriker ihr heute erst mitgebracht hatte, qualmend in einer Pfütze lag. Die Regenmassen waren zu viel für das alte Dach und das Wasser lief tropfend in ihr Studio. Jenny wusste nicht wieviel Zeit ihr noch blieb, bis es zu einem Kurzschluss kam.

„Verdammt", stöhnte sie, weil sie ahnte, dass die Telefonleitungen nun nicht mehr funktionierten. Doch das rote Licht leuchtete noch. Das war gut, zeigte aber auch an, dass sie die ganze Zeit über auf Sendung gewesen war?! Jenny räusperte sich und sprach in das Mikrofon.

„Hier ist CCR, euer Cornish Cove Radio. Hier spricht Jenny aus dem Leuchtturm. Ich habe ein Problem mit der Technik und muss die Sendung leider abbrechen. Wir werden sie natürlich schnellstmöglich fortsetzen und ich bin jetzt schon auf weitere Geschichten gespannt, die ihr ..."

Je länger sie sprach, desto mehr beruhigte sie sich wieder. Sie machte ihren Job und das war gut so. Sie wusste nur nicht, ob man sie auch hören konnte und wieviel Zeit ihr noch blieb, dennoch machte sie weiter.

„Also dieses Unwetter ist wirklich übel. Es wird uns sehr viel Regen und starke Windböen bringen, aber durch den starken Wind, wird es auch relativ schnell über unseren Ort hinwegziehen. Also haltet durch. Bleibt alle, wo ihr seid und rührt euch nicht.

Verstanden? Ich meine auch dich Scotty. Wenn du mich hörst, bleib da draußen vor Sennen Cove, bis ich dir –."

Klack, Klack, Klack, Klack, Klack …

Jennys Herz setzte aus. Er hatte sie wirklich gefunden? Er war hier und er kam zu ihr hoch? Oben hämmerte der Regen wie wild auf ihr Dach und das Wasser lief jetzt in Fäden in ihr Studio und aus dem Schacht näherten sich die metallenen Schritte. Klack, Klack, Klack, Klack, Klack …

Gefahr

„Jenny ist wieder im Radio", rief Claire und hielt sich das Kofferradio ans Ohr. Durch den laufenden Motor war es sehr laut in der Kabine geworden und Claire konzentrierte sich, um Jennys Stimme zu verstehen.

Mittlerweile war der Seegang beträchtlich und Scott wusste, dass er Cornish Cove nur erreichen konnte, wenn er zuerst auf das offene Meer zusteuerte. In Küstennähe war die Gefahr zu groß, gegen die Klippen getrieben zu werden, wo die Vanessa Mae zerschellen würde. Also steuerte er das Boot in südöstlicher Richtung auf den Atlantik.

„Was sagt Jenny?", rief Scott zu Claire nach hinten und sah in die Unwetterfront, die sich mit dunklen Wolken und Blitzen auf sie zubewegte.

„Sie sagt, dass wir bleiben sollen wo wir sind", schrie Claire, die sich nur schwer in dem Seegang aufrecht halten konnte und hinsetzte. Dann machte sie ein ernstes Gesicht, denn der Sender war plötzlich wieder tot. „Jetzt höre ich nichts mehr", rief Claire nach vorne. Errol nahm sich das Radio, hielt es sich ans Ohr und drehte am Frequenzregler.

„Stimmt, sie sendet nicht mehr."

„Seht ihr, da stimmt was nicht", schrie Scott und kämpfte mit dem Ruder, um den Wellen auszuweichen, die auf sie zu rollten. „Haltet euch gut fest, wir erreichen gleich das Unwetter."

„Du weißt hoffentlich was du tust", meinte Claire und stellte die Bremsen an Alfreds Rollstuhl fest. Besorgt sah sie nach vorne, wo Scott breitbeinig vor dem Ruder stand.

Das hoffe ich auch, dachte dieser und wusste, dass das, was er tat nicht ungefährlich war. Doch er wollte Jenny nicht im Stich lassen. Das würde er sich niemals verzeihen.

„Errol", rief Scott, der sah, dass sie jeden Moment in das Zentrum des Unwetters gerieten. „Schließ alle Fenster."

Errol befolgte Scotts Anweisung und ging durch das Fahrerhäuschen und verriegelte alle kleinen Fenster, bevor er sich neben Claire setzte, um mit ihr Alfreds Rollstuhl festzuhalten. Dann steuerte die kleine Vanessa Mae mit Scott am Ruder in den schlimmsten Sturm, den sie jemals erlebt hatten.

Nicht mehr auszuhalten

Lizzy, Dee und Laudelina sahen besorgt durch das Unwetter zum Leuchtturm, über dem jetzt erste Blitze zuckten.

„Ma, ich halte es hier nicht mehr aus. Irgendetwas stimmt doch da oben nicht."

„Lizzy, ich möchte nicht, dass ihr da jetzt raus geht", schien Kathleens Sorge berechtigt, weil in diesem Moment Blitz und Donner kurz nacheinander folgten, was bedeutete, dass das Zentrum des Unwetters jetzt genau über ihnen lag. Der Blitz war so hell gewesen, dass er für einen winzigen Augenblick den gesamten Hafen bis hin zum Leuchtturm taghell erleuchtete und der Donner hatte eine Wucht, die die Schaufensterscheiben des Cafés bedrohlich in Schwingung versetzte.

„Leute, ich habe etwas gesehen", war Laudelina ganz aufgeregt.

„Was hast du gesehen?", wollte Dee wissen. „Da steht ein Wagen vor dem Leuchtturm." Laudelina sah ihre Freunde mit großen Augen an.

„Jenny fährt doch Roller. Wieso steht da ein Wagen?"

Lizzy sah forschend zum Leuchtturm, doch es war unmöglich bei diesen Regengüssen auch nur bis zum Pier zu sehen.

„Ma, was ist, wenn der Mann der dich bedroht hat, jetzt bei Jenny ist? Wir müssen sofort –." Mehr sagte Lizzy nicht. Sie sah ihre Mutter nur entschlossen an. Kathleen sah ein, dass ihre Tochter Recht haben konnte und nickte.

„Also gut", sagte sie und schnappte sich den Schlüsselbund, der neben dem Telefon an der Wand hing. „Holt eure Jacken, wir fahren zum Leuchtturm. Mein Wagen steht hinter dem Café. Wir können hinten durch die Küche raus."

„Das ist meine Ma", jubelte Lizzy und rannte zum Kleiderständer um die Jacken ihrer Freunde zu holen.

Klack, Klack, Klack, Klack …

Klack, Klack, Klack, Klack … die schweren Schritte, die aus dem Leuchtturmschacht zu ihr hochdröhnten, kamen bedrohlich nah. Jenny geriet in Panik, sie wusste, dass sie in der Falle saß.

Klack, Klack, Klack, Klack … gleich würde er hier bei ihr sein.

Klack, Klack, Klack, Klack … Jenny hechtete zum Schreibtisch, wo die Schublade noch offenstand, schnappte nach der Taschenlampe und der Jacke, die über dem Drehstuhl hing und rannte auf die Tür zu, die hinaus auf den Balkon führte.

Klack, Klack, endeten die Schritte und ein lautes Stöhnen verriet ihr, dass er jetzt da war, oben bei ihr.

Mitten ins Unwetter

Mittlerweile hatte das Unwetter mit Starkregen und Gewitter die Küste vor Sennen Cove erreicht. Meterhohe Wellen stürmten auf Strand und Klippen zu und mittendrin die Vanessa Mae, mit Scott und seinen Freunden an Bord.

„Braves Mädchen", rief Scott zu seiner geliebten „alten Dame", die in dem tobenden Ozean auf den meterhohen Wellen auf und ab raste und unbeeindruckt von den sintflutartigen Regenfällen den Kurs hielt.

„Nach Südosten, bist du dir sicher?", schrie Errol gegen die Lautstärke des Unwetters.

„Ja", schrie Scott zurück. „Errol, halte Ausschau nach dem Leuchtturm von Cornish Cove. Sag mir Bescheid, wenn du ihn siehst."

Der Regen peitschte gegen die Frontscheiben und der Seegang wurde sekündlich stärker. Doch das war Scott McCanzie gewohnt und steuerte die Vanessa Mae frontal in die nächste Welle, die das Deck überflutete.

„Wenn wir den Leuchtturm von Cornish Cove nordöstlich sehen können, dann drehe ich bei. Nur so haben wir eine Chance den Hafen zu erreichen", dröhnte Scotts Stimme. Errol nickte und sah seitlich aus dem Fenster, wo er das Licht des Leuchtturms bald zu sehen hoffte. Das kleine Boot bewegte sich leicht wie ein

Papierschiffchen über der Achterbahn des tosenden Meeres. Scott drehte wild am Ruder, während Errol gespannt Ausschau hielt. Claire und Alfred saßen im hinteren Bereich nahe der Tür und fassten sich besorgt bei den Händen.

Immer, wenn das kleine Boot oben auf einer Welle trieb, spähte Errol nach Nordosten, wo er nach dem Leuchten suchte. Minutenlang fuhren sie auf einem Slalomkurs mal zwischen den riesigen Wellen oder mitten darüber, die jetzt von allen Seiten gegen das Boot und die Fenster schlugen. Dann endlich kam die erlösende Nachricht:

„Ich glaube, ich kann sein Licht sehen", schrie Errol erleichtert. „Fahr noch ein bisschen nach Südosten, dann können wir uns von den Wellen nach Cornish Cove treiben lassen."

„Alles klar", schrie Scott zurück, während die Vanessa Mae auf dem Rücken einer Welle in die Tiefe schoss. Dabei musste sie gleichzeitig Schwung holen, denn die Nächste bäumte sich bereits vor ihnen auf und Scott konnte ihr nicht mehr ausweichen.

Erst fliehen, dann ...

Jenny riss die Tür zum Balkon auf und wurde direkt vom peitschenden Regen des Sturms begrüßt. Hastig schloss sie die Tür und hockte sich auf den Boden. Mit der Taschenlampe zwischen den Zähnen versuchte sie sich eilig die Jacke überzuziehen, während sie neugierig durch die regennasse Panoramascheibe in ihr Studio spähte. Das Unwetter wütete und durch den Regen, der von allen Seiten auf sie niederging, war sie innerhalb von Sekunden nass bis auf die Haut. Doch das spürte sie nicht. Gebannt sah sie nach innen, wo sich eine dunkle Gestalt an ihrer Theke vorbei bewegte. Jenny drückte die Taschenlampe in ihrer verbundenen Hand und beobachtete den Mann mit der schwarzen Regenjacke und dem Regenhut, der tief in sein Gesicht gezogen war. Ungeduldig schien er nach etwas zu suchen. Nach ihr, natürlich.

Jenny drückte die Taschenlampe fester, bis das Blut aus dem Verband lief. Sie war ihre einzige Waffe, dachte sie und das Überraschungsmoment. Wenn sie es richtig anstellte, dann könnte sie eine Chance haben. Sie müsste die Tür im richtigen Moment aufreißen und sofort zuschlagen, bevor er begriff, was eigentlich passierte. Dann könnte sie runterrennen und entkommen. Das ist ein guter Plan, versuchte sie sich zu beruhigen und sah, wie der Mann hektisch im Studio hin und her lief. Es war nur eine Frage der Zeit, bis er die Tür fand, die nach draußen zu ihr führte, also machte sie sich bereit. Sie lehnte sich an das Geländer gegenüber der Tür, als ein Blitz durch die Wolkendecke zuckte und alles für eine Sekunde taghell erleuchtete. Doch diese Sekunde, reichte ihm. Er hatte sie gesehen und eilte durch das Studio. Sie hob ihren Arm und als sich die Tür öffnete, schlug sie zu.

Die Rückkehr aus dem Nichts

Das Wasser der nächsten Welle bäumte sich meterhoch vor der Vanessa Mae auf und erreichte eine gigantische Höhe. Entsetzt mussten Scott und seine Freunde mitansehen, wie sich eine Monsterwelle vor ihnen auftürmte. Claire hielt besorgt Alfreds Hände, dessen Rollstuhl fest am Boden klebte. Scott und Errol sahen in die weiße Gischt, die gut fünfzehn Meter über ihnen spritze. In ihr trieb etwas Dunkles, das jetzt den Kipppunkt erreichte und zu ihnen nach unten stürzte, während die Vanessa Mae gleichzeitig in der Welle nach oben raste. Das dunkle Etwas war ein Boot und schoss auf sie zu. Errol traute seinen Augen nicht, denn dieses Boot kam ihm irgendwie bekannt vor. Er betrachtete den abgeknickten Mast und das verwitterte Fahrerhäuschen und dann las er den Namen auf dem Rumpf des Bootes, das jetzt in seiner Wahrnehmung wie in Zeitlupe an ihnen vorbeischwebte. Es war die Glory Days, Alfreds Boot und ein Mann stand im Innern am Steuer und sah ihn mit toten Augen an. Errol stockte der Atem, während die Vanessa Mae mit letzter Kraft die Spitze der Welle erreichte, bevor diese brach und das kleine Boot mit den vier Freunden in die Tiefe fiel.

Volltreffer

Das war ein Volltreffer freute sich Jenny. Der Mann sackte in sich zusammen und fiel wie ein gefällter Baum zu Boden. Eilig wollte sie über ihn hinwegsteigen, als ihr etwas auffiel: seine weißen Schuhe. Die hatte sie doch irgendwo schon mal gesehen. Dann kam die Erinnerung und erschrocken riss sie ihre Augen auf und leuchtete in das blutende Gesicht von Connor O'Malley.

„Oh, nein!", schrie Jenny, als gleichzeitig ihre jungen Freunde vollkommen außer Atem in ihr Studio strömten.

Lizzy, Dee und Laudelina rannten von hinten in den vorderen Teil und sahen, wie Jenny über einem Mann hockte, der in einer großen Pfütze am Boden lag.

„Was ist los?" - „Wer ist das?" - „Ist er ausgerutscht?" - „Ist das Blut?", prasselten die Fragen auf Jenny ein, die vorsichtig an dem schwarzen Regenhut des Technikers zuppelte.

„Den kenne ich doch", rief Lizzy, weil sie den jungen Mann erkannte, der bei ihrer Mutter aus dem Café gegangen war.

„Ja, ich auch", stammelte Jenny und fing an zu heulen.

„Lass mich mal sehen", schob Laudelina ihre geschockte Freundin beiseite und besah sich die Verletzung des Mannes, der offensichtlich k.o. gegangen war.

„Er hat nur eine Platzwunde auf der Stirn", lautete Laudelinas schnelle und erleichternde Diagnose.

„Hol' mal Verbandszeug, Jenny."

„Wird er wieder?", war diese besorgt und eilte los.

„Ja, er wird wieder. Die Stirn kann einiges aushalten. Es ist ihm nichts passiert, er ist nur bewusstlos."

Im Auge des Sturms

„Hast du das gesehen, Scotty?", rief Errol, als sie mit der Vanessa Mae aus dem aufspritzenden Wasser auftauchten. Scott war kreideweiß geworden, als hätte er einen Geist gesehen. Und das hatten sie ja auch, einen Geist gesehen.

Die Glory Days, Alfreds Boot war nach fünfzig Jahren wieder aufgetaucht. Scott McCanzie versuchte zu begreifen, dass er das Boot gesehen hatte, das damals mit Errol im leuchtenden Nebel verschwunden war, als er selbst noch ein Kind gewesen war. Alfred hatte den Nebel und seinen Freund Errol verflucht und damit auch die Glory Days dazu verdammt, bis in alle Ewigkeit über die Weltmeere zu schippern, ohne die Möglichkeit zu haben, einen Hafen anlaufen zu können.

„Pass auf", schrie Errol zu Scott, der immer noch in Gedanken war. „Da kommt die nächste Welle auf uns zu."

„Festhalten", warnte Scott bevor ein mächtiger Wasserschwall über der Vanessa Mae niederging, der das Boot umzukippen drohte. Mit ungeheurer Wucht überflutete das Wasser das Deck und riss alles mit sich, was nicht gut befestigt war. Doch dank der Schräglage des Schiffes, konnte das Wasser sofort wieder ablaufen.

„Wir müssen sofort beidrehen, Scotty", drängte Errol verzweifelt und sah seinen Freund eindringlich an.

„Noch so eine Welle überleben wir nicht." Scott McCanzie nickte und griff beherzt ins Ruder um den Kurs der Vanessa Mae zu ändern.

Ein Schlag zu viel

Am ganzen Körper zitternd saß Jenny in ihrem Drehstuhl vor dem Schreibtisch und hoffte, dass Connor O'Malley bald wieder zu sich kommen würde. Kathleen war als Letzte dazugekommen und legte dem jungen Mann eine zusammengerollte Jacke als Kissen unter den Kopf, während Laudelina ihm das Blut aus dem Gesicht wischte. Lizzy und Dee kümmerten sich derweil um den Wasserschaden, den das Unwetter im Studio verursacht hatte. Immer noch tropfte Wasser von der Decke, das die beiden geschickt mit Eimern, die sie auf den Boden darunter stellten, auffingen. Dann wischten sie den restlichen Boden und trockneten die Geräte auf der Theke, die ebenfalls nass geworden waren.

„So", meinte Lizzy schließlich. „Sieht doch wieder gut aus, Jenny."

„Ich danke euch." Die junge Leuchtturmwärterin und Radiomoderatorin war überglücklich, dass ihre Freunde im richtigen Moment zu ihr in den Leuchtturm gekommen waren.

„Was ist eigentlich mit Connor passiert?", war Kathleen neugierig, die den jungen Mann besorgt betrachtete.

„Nun", überlegte Jenny, wie sie es am besten sagen sollte. „Wisst ihr –", fing sie an eine Geschichte zu erzählen, die sie noch niemandem außer ihrem Onkel und Scott McCanzie erzählt hatte.

Besuch aus der Vergangenheit

Die Vanessa Mae trieb jetzt mit den Wellen auf die Küste von Cornish Cove zu, während das Unwetter weiter nach Sennen Cove zog. Erleichtert sahen sich Scott und Errol an. Jetzt waren es nur noch wenige Meilen bis zum Hafen und im Leuchtturm brannte Licht, was ihnen Mut machte. Vielleicht ging es Jenny ja doch gut?

„Haben wir den Sturm überstanden", fragte Claire von hinten, die Alfreds Hände immer noch krampfhaft drückte.

„Haben wir", nickte Scott und sah über die Schulter zu seinem alten Freund. „Wie geht es dir, Alfred?"

„Wie es mir geht?", grummelte Alfred. „Ich will mich endlich wieder bewegen können. Dieser verdammte Rollstuhl ist sowas von unbequem." Alle mussten lachen, weil die Anspannung von ihnen abfiel und weil sie froh waren, noch am Leben zu sein.

Schwerfällig erhob sich Alfred aus seinem Rollstuhl und humpelte ein Bein nachziehend nach vorne zu Scott und Errol.

„Scotty, du hättest uns fast umgebracht. Das weißt du, oder?" Alfred erwartete in erleichterte Gesichter zu sehen, doch in den Blicken von Scott und Errol war etwas, das ihm sagte, dass etwas nicht stimmte. „Was ist denn los?", wollte Alfred wissen, als er plötzlich glaubte, sich in einem Traum zu befinden. In den Seitenfenstern hinter seinen Freunden tauchte ein abgeknickter Mast auf und bewegte sich seitlich an der Vanessa Mae vorbei. „Was zum Teufel –", wunderte sich Alfred und sah mit Scott und Errol hinaus. Ein heruntergekommenes Boot legte sich längs neben ihres, bis zwei Boote nebeneinander lagen: Die Vanessa Mae und die Glory Days.

„Das darf doch nicht wahr sein", stammelte Alfred, der mit seinen Freunden ungläubig hinaussah.

Da war sie wieder, seine geliebte Glory Days, die er vor fünfzig Jahren zuletzt gesehen hatte und dann, nach seinem Fluch, verschwunden blieb. Claire, die ebenfalls aufgestanden war, lief ein Schauer über den Rücken, als sie bemerkte, dass jemand im Inneren stand. Ein Totenschädel mit dünner, durchsichtiger Haut, fransigen Haaren und hervorstechenden Augen starrte sie verachtend durch ein kleines Seitenfenster an. Fassungslos verfolgten die vier Freunde auf der Vanessa Mae, wie sich die skelettartige Gestalt durch das Innere der zerfallenen Kabine bewegte, dann die Tür öffnete und hinaustrat.

Das unheimliche Wesen trat in das gelbliche Tageslicht. Es hatte langes graues Haar und zerrissene Kleider, die ihm in Fetzen von den Knochen hingen. Als es seinen Mund öffnete, zeigten sich vergammelte, schwarzgelbe Zähne, die es angriffslustig fletschte.

„Na, da staunt ihr, nicht wahr?", erklang eine krächzende Stimme, die so voller Hass war, dass es alle mit der Angst zu tun bekamen. „Nun kommt schon raus zu mir", forderte das sprechende Skelett, das sich an die verrostete Reling stellte und sie mit den Zeigefingerknochen zu sich winkte.

Scott und Errol verließen als erste die Kabine, traten an die Reling der Vanessa Mae und stellten sich der seltsamen Kreatur gegenüber, die ein tonloses Lachen von sich gab.

„Ach, ihr habt keine Ahnung wer ich bin, oder?", zischten ihnen übelriechende Worte entgegen. „Errol, dich erkenne ich sofort, du Gauner. Hast dich ja kaum verändert. Erinnerst du dich auch an mich?"

Errol wusste nicht, an was er sich erinnern sollte um herauszufinden, wer diese Gestalt sein konnte.

„Ich bin es, Blake", lachte die Kreatur, die sich jetzt zu ihnen vorbeugte.

„Blake Edwards", kamen die Worte aus Errols Mund, der sich schlagartig erinnerte. „Von dir habe ich damals die Glory Days in St. Ives zurückgewonnen", erinnerte er sich.

„Zurückgewonnen?", krächzte das Skelett und schlug mit der Hand auf die Reling, wobei Teile seiner Knochen und seiner Kleidung wie Staub von ihm abfielen. „Gewonnen? Du hast betrogen, so wie immer Errol und dafür wirst du heute bezahlen."

Mit seiner knochigen Hand zur Faust geballt drohte Blake und versuchte die Glory Days zu verlassen. Doch eine unsichtbare Wand schien ihn aufzuhalten.

„Er ist zusammen mit dem Schiff verflucht", erkannte Claire, die dazugekommen war, was Blake Edwards aufhielt.

„Aber", stammelte Errol. „Wie bist du denn auf das Schiff gekommen? Ich habe doch am nächsten Morgen

St. Ives verlassen und fuhr alleine nach Cornish Cove zurück."

„Du warst nicht alleine, Errol. Ich hatte mich in der Nacht an Bord geschlichen, um mich an dir zu rächen. Ich versteckte mich im Maschinenraum, doch ich kam dort nicht mehr heraus."

„Und dann wurdest du in den leuchtenden Nebel verflucht und bliebst auf der Glory Days gefangen?"

„Ja, gefangen auf einem verfluchten Schiff, das keinen Hafen anlaufen konnte, Errol. Seit fünfzig Jahren segeln wir durch die Nebel und Stürme der Ozeane und dafür wirst du heute büßen."

Blake stieß sich vom Geländer ab und bewegte sich ungelenk wie eine Marionette zurück ins Fahrerhäuschen und griff das Ruder. Im nächsten Moment rammte die Glory Days gegen die Vanessa Mae.

„Bezahlen wirst du, Errol, du Betrüger", schrie Blake durch die geöffneten Fenster und steuerte sein Boot abermals gegen die Vanessa Mae.

„Wieso Errol?", schrie Alfred, der zur Reling der Vanessa Mae humpelte und von Claire gestützt werden musste. „Ich sprach damals den Fluch aus, Blake. Also nimm mich."

Alfred versuchte unbeholfen auf das andere Boot zu klettern, wurde jedoch von Claire zurückgehalten, während Scott McCanzie eine Entscheidung traf.

„So mir reicht's, Leute", sagte er und eilte zurück in das Fahrerhäuschen, riss das Steuer herum und gab Vollgas.

99

Der Motor der Vanessa Mae heulte auf und setzte das Boot ruckartig in Bewegung, wodurch Alfred, Errol und Claire unsanft auf das Deck fielen.

„Verdammt, was hast du vor?", schrie Alfred und versuchte sich wie die anderen irgendwo festzuhalten.

„Wir fahren nach Hause, was sonst?", rief Scott und wirbelte das Ruder herum. „Es liegt immer noch ein Fluch auf der Glory Days, sie wird uns nicht bis zum Hafen folgen können, oder?"

„Das hoffe ich doch", rief Claire, die sich nach Alfred am Türrahmen krallte und ins Innere der Kabine zog.

„Gib Vollgas", schrie Errol und sah, wie ein fluchender Blake Edwards hinter ihnen die Verfolgung aufnahm.

Die Beichte

Jenny sah in die gespannten Gesichter ihrer Freunde.

„Wisst ihr, mein letzter Freund war nicht sehr gut zu mir", redete sie sich ihre Sorgen von der Seele. „Eines Nachts, als er wieder böse wurde, bin ich vor ihm geflohen. Ich fuhr so weit weg, wie ich nur konnte und das Schicksal trieb mich hierher nach Cornish Cove. Ich hoffte, nie wieder etwas von ihm zu hören. Doch heute Nachmittag, da kam plötzlich seine Stimme aus den Lautsprechern und ich konnte nicht mehr klar denken. Da war dieser Sturm, das Unwetter und dazu diese schreckliche Stimme, die mich schon so oft bedroht hatte. Als ich dann die Schritte auf mich zukommen hörte, dachte ich, dass er gekommen war, um mich wieder zu bestrafen." Jennys Stimme versagte und sie sackte schluchzend auf dem Drehstuhl in sich zusammen.

Lizzy und Dee eilten zu ihr um sie zu trösteten, während Laudelina und Kathleen bemerkten, dass Connor O'Malley aufwachte. Er richtete seinen Oberkörper auf und sah mit verdrehten Augen zu Jenny, die ihn mit tränenüberfüllten Augen anguckte.

„Ich sagte doch, es wäre besser, wenn Sie runterkommen würde –", murmelte er wie im Halbschlaf und verlor das Bewusstsein. Kathleen hatte Mühe den schweren Oberkörper aufzufangen, legte ihn aber behutsam zurück auf den Boden.

„Den hat es aber ganz schön erwischt", war Laudelina überrascht und Jenny wünschte, dass dieser Tag endlich vorüber gehen würde.

Nichts wie weg

Die Vanessa Mae flog von den Wellen der Flut angetrieben geradezu dem Hafen von Cornish Cove entgegen. Scott hatte zudem den Schubregler auf volle Kraft gestellt und das kleine Boot steuerte, genau wie von ihm vorhergesagt, auf ihr Ziel zu. Doch die Glory Days war in ihrem Kielwasser gefangen und ließ sich nicht abschütteln.

„Wieso ist sie so schnell?", wunderte sich Errol, der hoffte, dass ihr Boot zuerst den Hafen erreichen würde, dann wären sie in Sicherheit.

„Scotty, beeil dich", schrie Claire, die Alfreds Rollstuhl zu Errol schob, der am Heck mitansah, wie die Glory Days immer näherkam.

„Gleich geschafft", verkündete Scott aus dem Fahrerhäuschen. „Die Kaimauer ist nicht mehr weit."

Bitte, lass uns unversehrt den Hafen erreichen, betete Claire und drückte Alfreds Schultern, der sich immer noch wunderte, wieso die Glory Days ebenfalls verflucht worden war.

Er betrachtete das Boot, das so elegant durch das Wasser glitt, obwohl es so zerfallen war. Plötzlich spürte Alfred die alte Liebe, die sie verband. Er hatte lange hart gearbeitet und jeden Penny gespart, bis er sich endlich die Glory Days hatte kaufen können. Doch es hatte für sie keine gemeinsame Zukunft gegeben. Das Schicksal hatte die beiden schon bald getrennt und ließ die Glory Days gut fünfzig Jahre über die Weltmeere irren. Wie hypnotisiert stand Alfred auf.

„Alfred, was machst du?", war Claire überrascht und staunte, mit welcher Standhaftigkeit sich ihr Mann auf dem schaukelnden Boot hielt.

„Wir sind jetzt an der Kaimauer", schrie Scott hinter ihnen aus dem Fahrerhäuschen und Alfred stellte sich auf die Reling und sprang wie ein Olympiaschwimmer mit den Händen voraus in die Wellen.

Claire kreischte entsetzt auf und Errol drehte überrascht seinen Kopf und sah den leeren Rollstuhl. Was war passiert?

Die Glory Days verlor sofort an Geschwindigkeit und trieb mit letztem Schub in den Wellen.

„Warum hat er das nur getan?", schrie Claire und war fassungslos, dass Alfred von Bord gesprungen war. Was hatte er nur vor?

Errol stand neben ihr und beide sahen, wie die skelettartige Gestalt die Kabine verließ und zur Reling stakste, wo Alfred einen Arm aus dem Wasser hob, um herausgezogen zu werden.

„Das gibt es doch gar nicht", staunte Errol, wie Alfred kurz darauf das Deck der Glory Days betrat.

„Scotty, stopp sofort den Motor", befahl Claire und Scott, der nach hinten sah, stellte den Schubregler auf null. Dann wirbelte er das Ruder herum und die Vanessa Mae drehte sich mit dem letzten Schwung um 180 Grad.

Ein Untoter vor Cornish Cove

Das Unwetter zog mit den dunklen Wolken, aus denen immer wieder Blitze zuckten, westwärts über den Atlantik. Dee stand hinter Jenny, die immer noch in ihrem Drehstuhl am Schreibtisch saß und den verletzten Techniker betrachtete. Dee sah nach draußen. Gerne beobachtete er von hier aus das Meer, die Wellen und die Wolken, die jetzt gelblich leuchteten. Hier oben in Jennys Studio konnte er seinen Kopf frei bekommen und fand die Ruhe an seinen phantastischen Geschichten zu feilen, die er am liebsten hier aufschrieb. Die besonderen Gedanken kamen ihm nur in dieser Höhe und Abgeschiedenheit, und bei den Gesprächen, die er hier mit der Clique oder auch manchmal mit Jenny alleine führen konnte. Sie kannte so viele Geschichten und Schicksale, dass er stundenlang bei ihr sitzen und zuhören konnte. Doch heute hatte sie keine Geschichte für ihn gehabt. Sie hatte selbst etwas Schreckliches erlebt, und das musste sie erstmal verdauen. Da war dieser seltsame Anrufer, der sie derart in Panik versetzt hatte, dass sie einen unerwarteten Besucher niederschlug.

Im Moment schien alles wieder gut zu werden, das hoffte Dee jedenfalls. Der Besucher war kein Fiesling gewesen, sondern der Elektriker, der Lizzys Ma heute Nachmittag gerettet hatte. Er war anscheinend zurückgekehrt, um Jenny zu helfen, weil sie etwas im Radio gesagt hatte, das alle erschreckte. In Panik hatte sie ihn dann niedergeschlagen. Zum Glück war die Verletzung nicht so schwerwiegend und der junge Mann saß mittlerweile mit einem Kopfverband auf dem Boden und trank mit Kathleen, Lizzy und Laudelina heißen Kaffee aus Pappbechern.

Jenny sah immer wieder verlegen in das verbeulte und mit lilafarbenen Flecken verunstaltete Gesicht des Mannes mit den blauen Augen, die sie mit Verwunderung und Vergebung ansahen. Mit beiden Händen trank Jenny den dampfenden Kaffee und wollte sich am liebsten in diesen Augen verlieren, doch sie musste an die Menschen von Cornish Cove denken, die sicherlich auf ein Lebenszeichen von ihr warteten. Seit gut einer Stunde hatte sie nicht mehr gesendet und auch keine Musik über das Tonbandgerät abgespielt. Schwermütig stand Jenny auf, ging zu ihrer Theke und zog das Mikrofon an ihren Mund. Sie warf einen erleichterten Blick zu Connor, dem es besser ging und schenkte Kathleen, Laudelina und Lizzy ein dankbares Lächeln. Zwei von ihnen hatten sich bestens um Connor gekümmert und die Dritte dafür gesorgt, dass sie wenigstens wieder auf Sendung gehen konnte. Den Telefonverteiler hatte Lizzy ausgestöpselt und das alte Telefon mit der Wählscheibe angeschlossen. Jetzt konnte Jenny wieder telefonieren und auf Sendung gehen.

Beherzt drückte Jenny den Schalter, der das On Air Zeichen erleuchten ließ.

„Hallo liebe Freunde, hier spricht Jenny aus dem Leuchtturm von Cornish Cove. Was für ein verrückter

Tag. Leider gab es ein weiteres Problem mit der Technik, weshalb ich nicht weitersenden konnte. Das tut mir sehr leid, doch ich will hoffen, dass wir heute vor weiteren Unwettern und Überraschungen verschont bleiben. Ich schicke euch jetzt erstmal etwas Musik und werde mich gleich zur vollen Stunde mit den neuesten Wetterdaten zurückmelden." Jenny drückte den Knopf, bis das On Air Zeichen erlosch und schaltete gleichzeitig das Tonbandgerät ein, das ruhige Musik in das Studio und zu den Menschen des Ortes schickte.

Dee freute sich, dass dieser Tag nun ein gutes Ende nehmen würde und sah hinunter auf das Meer, wo die Flut eingesetzt hatte. Es herrschte leichter Seegang, der an den vielen kleinen Schaumkronen zu erkennen war, die in den Hafen von Cornish Cove trieben. Die Wellen schwappten auch an die lange Kaimauer und verwandelten sich in eine weiße Gischt, die in alle Richtungen spritzte. Von dort wanderte sein Blick zum hinteren Ende des Schutzwalls, und ihm fielen zwei Boote auf, die dort im Wasser trieben. Das eine kannte er, es war die Vanessa Mae, Scottys Boot, mit dem er die Touristen herumfuhr, aber das andere war ihm völlig fremd. So ein verrottetes Boot hatte er schon lange nicht mehr gesehen. Verwundert griff Dee nach dem Fernglas, das unter ihm auf dem Schreibtisch stand und sah hindurch.

„Na, was gibt's zu sehen?", fragte Lizzy, die ihren Arm freundschaftlich um seine Schulter legte und mit ihm in die Tiefe sah.

„Scottys Boot ist da unten, aber auch so ein Anderes", berichtete Dee und sah verwundert durch das Fernglas.

„Scotty ist wieder zurück?", horchte Jenny auf und wirbelte herum. In der nächsten Sekunde stand sie neben ihren Freunden und sah erstaunt nach unten. „Tatsächlich", freute sie sich Scottys Boot zu sehen und nahm das Funkgerät in die Hand.

„Hier spricht CCR, ich rufe die Vanessa Mae. Over!"

Gespannt sah Jenny zur Kaimauer, wo die beiden Boote in den Wellen trieben.

„Wieso fahren sie denn nicht in den Hafen?", wunderte sich Lizzy. Dee spähte durch das Fernglas und schwenkte es von der Vanessa Mae, wo er Errol, Claire und Scott am Bug des Schiffes erkennen konnte, zu dem anderen Boot, das so heruntergekommen war. Doch was er dort unten sah, konnte er nicht in Worte fassen und reichte Lizzy mit zitternden Händen das Fernglas.

„Was ist denn los?", fragte diese verwundert, denn Dee, war kreideweiß geworden. Hastig nahm sie das Fernglas, sah hindurch und reichte es ebenfalls wortlos an Jenny weiter.

Laudelina und Kathleen wurden unterdessen ungeduldig, weil sie spürten, dass etwas nicht stimmte.

„Lasst uns hier nicht dumm sterben, Leute", rief Laudelina zu ihren Freunden, während sie mit Kathleen Connor im Blick behielt, der immer noch leicht schwankend auf dem Boden hockte.

„Also –", begann Lizzy, ohne ihren Blick von dem Geschehen an der Kaimauer abzuwenden. „Da unten ist ein zweites Boot bei der Vanessa Mae und es ist ein Skelett an Bord."

„Ein Skelett?", riefen Laudelina und Kathleen wie aus einem Mund.

„Ja, es ist ein Skelett an Bord der Glory Days, ein Untoter, der sich mit Alfred zu unterhalten scheint."

„Was?" Sofort rannten beide zur Panoramascheibe und bekamen nacheinander das Fernglas vor die Augen. Laudelina war sprachlos, als sie das Skelett sah und Kathleen fiel etwas Interessantes auf.

„Glory Days", murmelte sie und nahm erstaunt das Fernglas von den Augen. „Das Schiff ist die Glory Days. Sie war einst Alfreds Boot, bevor sie verschwand."

Staunend verfolgten alle das ungewöhnliche Geschehen auf dem Meer, während Jenny ein Gedanke kam.

„Kommt, das wollen wir uns doch genauer ansehen", rief sie und eilte zur Tür, um auf den Balkon zu gelangen. Im nächsten Moment stand die Clique am Geländer des Leuchtturms in fünfundsechzig Metern Höhe und starrte gebannt in die Tiefe, wo die beiden Boote mit den Wellen der Flut an der Kaimauer vorbeigetrieben wurden.

Die Vanessa Mae war das erste Boot, das die Zufahrt zum Hafen passierte. Als die Glory Days die Höhe der Kaimauer erreichte, geschah etwas Seltsames, das alle in Erstaunen versetzte, ihre Kinnladen herunterfallen ließ und den Fünfen eine Geschichte schenkte, die ihnen niemand glauben würde, sollten sie sie jemals erzählen wollen.

Es war, als ob eine unsichtbare Glaskugel sichtbar wurde, in der sich die Glory Days befand. Sie war in dem Moment erschienen, als das Boot die Kaimauer erreichte, dort, wo damals der Fluch ausgesprochen worden war. Jetzt, wo die Kugel auf dem Wasser treibend an der Mauer vorbeischwamm, wurde sie immer undurchsichtiger, weil sich ein weißer Nebel in ihrem Inneren ausbreitete, der schnell die gesamte Kugel ausfüllte und diese zum Leuchten brachte. Das Leuchten wurde heller und heller, bis es in den Augen wehtat hinzusehen und dann, als alle ihre Augen geschlossen hatten, gab es einen dumpfen Ton, als ob man einen mit Mehl gefüllten Sack auf den Boden fallen lässt: Buff!

Das grelle Licht war verschwunden, und als die Clique wieder etwas erkennen konnte, sahen sie zwei Boote in den Hafen von Cornish Cove einlaufen, die Vanessa Mae und die Glory Days, die so schön war wie am ersten Tag.

Schön wie am ersten Tag

Alfred fühlte sich, als hätte er eine Zeitreise gemacht. Er stand plötzlich an Deck seines geliebten Schiffes, das nach frisch gefangenem Fisch roch. Über ihm kreisten kreischend die hungrigen Möwen, die ihre Fahrt in den Hafen begleiteten, genauso wie der Klang des Nebelhorns, das lautstark durch den Hafen hallte. Er sah zurück ins Fahrerhäuschen, doch niemand stand am Ruder. Die Glory Days wusste wohin sie gehörte und fuhr selbstständig an den Pier um anzulegen. Dann bemerkte er den jungen Mann, der neben ihm auftauchte und sich verwundert betrachtete. Er musste um die zwanzig Jahre alt sein und sah ungläubig an seinem Körper herunter. Er trug einen hellen Rollkragenpullover, wie ihn eigentlich alle Seeleute hatten und dunkle Hosen, die in Gummistiefeln steckten. Vor Freude strahlend sah der junge Mann zu Alfred:

„Ich bin wieder jung", jubelte er und tanzte ausgelassen über das Deck. „Ich bin wieder jung."

Ja, du bist wieder jung, dachte Alfred und freute sich verhalten mit Blake Edwards, den er jetzt wiedererkannte. Er sah genauso aus, wie er ihn damals, vor all den Jahren kennengelernt hatte. Blake war einer der Fischer aus St. Ives, mit denen er und Errol immer gewettet hatten. Und jetzt war er wieder jung und glücklich. Alfred sah zum Pier, wo seine Frau Claire und seine

Freunde Errol und Scotty verwundert das Schiff betrachteten, das dem Fluch entkommen war. Seine Glory Days war wieder in Cornish Cove angekommen, mit Kisten voll eisgekühltem Fisch, die Errol an dem Tag gefangen haben musste, bevor er in dem leuchtenden Nebel verschwunden war. Die Zeit war für die beiden zurückgedreht worden, allerdings nur für die beiden. Für die Glory Days und Blake ging heute das Leben dort weiter, wo es vor fünfzig Jahren auf Pause gestellt worden war. Sie konnten es jetzt weiterleben und Blake wusste gar nicht, wen er zuerst umarmen sollte, als er endlich wieder festen Boden unter den Füßen spürte.

Alfred war dennoch zufrieden, sein Fluch war der Ursprung allen Leids gewesen, das heute nun wirklich sein Ende gefunden hatte. Errol und Claire und all die anderen Unschuldigen waren aus dem leuchtenden Nebel entkommen, den es jetzt auch nicht mehr gab. Leider hatten sie ihre Jugend verloren und fast ihr ganzes Leben im Nebel verbracht, doch die beiden hatten ihm verziehen und so ging Alfred schwermütig an Land und fiel in die Arme seiner geliebten Frau und seiner alten Freunde.

Das Wunder von Cornish Cove

Die Clique stand oben am Geländer des Leuchtturms und sie konnten kaum glauben, dass sie abermals Zeugen eines Wunders geworden waren. Die Glory Days war nach Cornish Cove zurückgekehrt und die Menschen liefen wie damals in Scharen in den Hafen um sie zu begrüßen und den guten Fang zu feiern. Die vier Freunde und Kathleen machten sich ebenfalls auf den Weg nach unten, nur dauerte dies etwas länger als gewöhnlich, denn Connor O'Malley war immer noch ziemlich wackelig auf den Beinen und musste von Jenny und Laudelina gestützt werden.

Wie immer an einem besonderen Tag, trafen sich alle Bewohner von Cornish Cove im Hafen. Sie versammelten sich vor den Geschäften und in Kathleens Café um diesen verrückten Tag bei einigen Tassen heißer Schokolade – die älteren bekamen ihre Schokolade natürlich mit Schuss – und vielen spannenden Gesprächen ausklingen zu lassen. Die Clique saß auf ihrem Stammplatz, direkt an der Eingangstür mit Blick auf den Hafen. Jenny, Connor O'Malley und Laudelina saßen auf der ersten Sitzbank. Lizzy, Dee und Ophelia, die Siamsa auf dem Schoß hatte, saßen ihnen gegenüber und versuchten die Ereignisse des Tages Revue passieren zu lassen.

„Alles hat mit dem Unwetter begonnen, oder?", erinnerte sich Lizzy, was sie morgens in der Schule erlebt hatten und sah in die Runde.

„Ja, das Unwetter war echt heftig gewesen. Wir dachten, dass jeden Moment die Fenster zerspringen würden", stimmte ihr Dee zu, der daran denken musste, wie die ganze Klasse ihre Hände gegen die Scheiben gedrückt hatte um sie zu stützen.

„In Mamis Bücherei ist ein See entstanden, auf dem mein Comic davon gesegelt ist", berichtete Siamsa und Ophelia drückte ihre kleine Heldin fest an sich.

„Siamsa hat uns rechtzeitig gewarnt, sonst wäre der ganze Laden weggeschwommen. Glücklicherweise war Laudelina auch da."

„Ja, das stimmt", grinste diese und scherzte: „Jetzt ist nur die Frage, ob das Zufall oder Schicksal war. Was denkt ihr?"

Mit ihren großen, dunklen Augen sah sie gespannt in die Runde und wartete auf eine Reaktion. Und sie bekam eine, nur nicht von ihren Freunden, sondern von einem Fremden, der zur Tür hereinkam und ihre Frage gehört hatte. Ein alter Mann mit einem Gesicht, das von der rauen Seeluft gezeichnet war, drehte sich zu ihnen um.

„Zufall und Schicksal sind die Bausteine des Lebens, nicht wahr?", fragte er mit einer unangenehm leisen Stimme und blieb vor ihrem Tisch stehen. Überraschte Augen sahen zu dem Fremden, der ihnen irgendwie Angst machte.

„Ihr sitzt hier zusammen und unterhaltet euch; würdet ihr rausgehen, wieder reinkommen und versuchen, dasselbe Gespräch wie gerade noch einmal zu führen, so würde es euch nicht gelingen. Weil sich die Umstände geändert haben, weil sich alles verändert, immer und zu jeder Zeit."

Trotz der steigenden Lautstärke, die in dem Café von den vielen Menschen verursacht wurde, war seine Stimme klar und deutlich hörbar. Lizzy drückte aufgeregt Dees Hand unter dem Tisch und fragte sich, wer dieser mysteriöse Mann war, denn sie hatte ihn noch nie in Cornish Cove gesehen. Aufmerksam lauschte die Clique seinen Worten, während Connor O'Malley nicht wusste was er tun sollte, denn er kannte diesen Mann.

„Wenn etwas exakt gleich wäre oder geschehen könnte, dann glaube ich, wäre das Leben tot", fuhr der Fremde fort und sah mit kalten Augen in die Runde. „Alles reagiert ständig auf sich ändernde Umstände. Ich, ihr, jeder von uns und jedes Lebewesen auf diesem Planeten. Deshalb gibt es auch keine zwei Heringe, die vollkommen identisch sind. Jeder einzelne Fisch hatte unterschiedliche Lebensbedingungen und hat sich anders entwickelt. So ist das Leben, es passt sich an und findet einen Weg um zu existieren. Immer. Und wenn sich die Umstände ändern, dann ändert sich die Lebensform oder ihre Erscheinung."

Während die anderen nicht begreifen konnten, warum dieser Fremde ihnen so viel zu sagen hatte, genoss Laudelina hingegen den Monolog des Mannes, der wie aus dem Nichts aufgetaucht war und von den Dingen sprach, die sie so beschäftigten. Es war doch kein Zufall, dass er ausgerechnet jetzt in ihr Leben trat, war sie sich sicher und hing an seinen Lippen.

„Es gibt unzählige Rätsel um uns herum, die der Mensch mit seiner Logik nicht begreifen und mit seinen Worten nicht beschreiben kann: Gibt es einen Gott? Wenn ja, was hat er mit uns vor? Gibt es einen Sinn des Lebens?

Wir, die wir aus Sternenstaub sind, schweben auf einem Planeten - dessen Existenz allein schon ein unglaubliches Wunder ist - durch ein dunkles, kaltes, stilles und luftloses Weltall, das größtenteils aus Nichts besteht. Auf unserem Planeten hingegen wimmelt es nur so von Leben. Wir sind die einzigen Lebewesen im Umkreis von Millionen Lichtjahren und der Mensch ist eines von wenigen, das weiß, dass sein Leben endlich ist und deshalb stellt er sich so viele Fragen:

Was bedeutet Unendlichkeit? Ist unser Universum unendlich oder hat es ein Ende? Wenn ja, was ist dahinter? Woraus besteht das Nichts? Warum ist Leben, so wie wir es kennen, nur auf der Erde möglich und was heißt eigentlich Leben und wo kommen unsere Seelen her und wo gehen sie hin?"

Ophelia nickte ungewollt, denn sie hatte sich all diese Fragen natürlich auch schon gestellt und mittlerweile fand sie den fremden, alten Mann gar nicht mehr so unsympathisch. Langsam gewöhnten sich die Freunde an den, der mit seiner seltsamen Stimme so viel zu sagen hatte.

„Sicherlich können wir heute mehr Fragen beantworten, als vor einhundert Jahren", fuhr er fort, „doch wir werden wohl nie den Punkt erreichen, wo wir alles erklären können. Das wäre auch, glaube ich, ganz schrecklich. Wir sollten uns damit zufriedengeben, dass wir nicht erklären können, was es ist, das dafür sorgt, dass es immer weitergeht oder wie es weitergeht oder warum. Vielleicht soll uns gerade das endlich klar werden. Wir sollen einsehen, dass wir es nicht erklären können, das Unendliche, das Unfassbare, das Unglaubliche, niemals, und aufhören es zu versuchen. Wir sollten unsere kurze Zeit auf diesem einzigartigen Planeten nicht mit Gedanken an einem Rätsel verschwenden, das wir sowieso nicht lösen können. Wir werden nie erfahren, was es ist, dass uns mit Zufällen und schicksalhaften Begegnungen die Türen zu neuen Wegen öffnet und was damit gemeint sein könnte. Wir können uns lediglich für einen Weg entscheiden und wer weiß, wo uns dieser Weg hinführt und was dort am Ende auf uns wartet? Ein weißes Licht vielleicht oder das Wissen, ob das Leben einen besonderen Sinn hatte oder nicht? Es ist wahrscheinlich, wie in einem guten Film, dass das Beste erst zum Schluss kommt. Ich bin mir aber sicher, dass unsere Fragen beantwortet werden und dass wir es erfahren werden, jeder von uns, am Ende seines Weges."

Der alte Mann sah jetzt sehr müde aus, als ob ihm seine vielen Worte viel Kraft gekostet hätten und seine Augen starrten leer auf den Tisch, auf dem er sich plötzlich abstützte.

„Ach, bitte setzen Sie sich doch", sagte Laudelina zu dem sichtlich geschwächten Mann, der sich leise stöhnend neben ihr auf der Sitzbank niederließ.

In den nächsten Sekunden wirbelten seine Worte weiter durch die Köpfe der Freunde und keiner wollte der Erste sein, der etwas sagte, denn dafür war es noch zu früh. Alle hatten das Gefühl etwas Besonderes bekommen zu haben, einen Impuls, eine neue Sichtweise auf ihr Leben. Die Clique saß in einer grübelnden Stille, die von Kathleen schroff unterbrochen wurde.

„Was machen Sie denn hier", ging sie den Mann schroff an, der sie ihrer Meinung nach am Mittag bedroht hatte. Mit kraftlosen Augen sah er zu ihr hoch und ließ die leise Stimme erklingen, die Kathleen so großes Unbehagen bereitete.

„Es tut mir leid, dass unser erstes Treffen so schiefgelaufen ist. Anscheinend habe ich mich unglücklich verhalten. Wissen Sie, ich bin nicht oft unter Menschen, deshalb benehme ich mich anscheinend nicht immer korrekt. Das tut mir leid."

Kathleen sah den Fremden, argwöhnisch an, der da wie selbstverständlich am Tisch ihrer Tochter saß.

„Was wollten Sie denn heute Mittag in meinem Café und wer sind Sie eigentlich?"

„Wer ich bin?", sagte der Fremde und sah zu der Gruppe, die gerade lautstark das Café betrat.

Ein junger Mann hatte schwungvoll die Eingangstür geöffnet und hielt sie fest, während ein Rollstuhlfahrer von einer älteren Frau in den Laden geschoben wurde, gefolgt von einem Mann, der sich eigentlich kaum verändert hatte.

„Errol, du lebst ja wirklich", sprach der Mann mit der leisen Stimme, der neben Laudelina saß. Erfreut sah er in die erstaunten Augen des Freundes, den er seit gut fünfzig Jahren nicht mehr gesehen hatte. Errol Taylor blieb verwundert vor dem Tisch der Clique stehen und kramte in seiner Erinnerung.

„David?", sagte er, als die Bilder aus der Vergangenheit ihm dabei halfen, den Bruder seiner damaligen Freundin zu erkennen.

Abendstimmung

Darauf folgten die üblichen Erzählungen, was jeder von den beiden Männern in der Vergangenheit erlebt hatte und natürlich feierten sie im Anschluss das unerwartete Wiedersehen.

Alfred hatte irgendwann genug und verließ - zu Fuß und auf einen Stock gestützt - das Café mit Blake Edwards, dem jungen Mann, der es immer noch nicht fassen konnte wieder zwanzig zu sein. Die beiden gingen zurück zum Pier, wo die Glory Days festgezurrt im Hafenbecken lag und setzten sich auf eine Bank, über der die Laterne eingeschaltet wurde. Erstaunt betrachteten die Männer das schöne Fischerboot, das nicht ohne Grund Alfreds ganzer Stolz gewesen war. Er dachte an die gute alte Zeit, an die Jungfernfahrt und wie er einmal mit Errol so viel Fisch gefangen hatte, dass sie kaum noch über das Deck laufen konnten. Das waren glückliche Tage gewesen. Glory Days. Alfred musste grinsen und traf eine Entscheidung.

„Jetzt soll sie dir gehören", grummelte er in seiner typisch grantigen Art und sah den Jüngling neben sich an.

„Bitte was?"

„Es ist jetzt dein Boot. Dieses Boot hatte immer einen jungen Kapitän und so soll es auch weiterhin sein. Ich schulde dir viel mehr als ein Boot. Ich habe dir fünfzig Jahre deines Lebens geklaut."

„Bist du dir sicher?"

„Absolut."

„Oh, das ist wirklich sehr nett von dir. Weißt du, die siebziger haben mir sowieso nicht so gut gefallen, ich bin gespannt, was diese Zeit einem jungen Mann zu bieten hat", grinste Blake und rieb sich voller Vorfreude die Hände.

„Was diese Zeit zu bieten hat?", überlegte Alfred und musste erneut grinsen. „Heutzutage gibt es tragbare Telefone mit denen man Fernsehen kann."

„Das ist verrückt", lachte Blake.

„Ja, und das ist noch nicht alles –", nickte Alfred und fing an zu erzählen.

So saßen die beiden bis tief in die Nacht im warmen Lichtkegel der Laterne und Alfred versuchte den jungen Mann auf das vorzubereiten, was sich in der Welt, wie Blake sie kannte, verändert hatte.

Jennifer O'Brian und Connor O'Malley waren ebenfalls hinaus in den Hafen gegangen und machten einen verliebten Spaziergang. Sie hatte ihren Arm um seine Hüfte gelegt und war glücklicher denn je. Ob es nun der Zufall oder das Schicksal gewesen sein mochte, dass ihr diesen tollen Menschen in ihr Leben gebracht hatte, war ihr vollkommen egal. Jetzt war er da und sie freute sich auf eine Zukunft mit ihm. Als Connor wieder etwas schwindelig wurde, kehrten sie zum Café zurück, das gerade Ophelia und Siamsa verlassen wollten.

„Wieso hast du mir eigentlich nicht geantwortet?", fragte Siamsa mürrisch und sah Jenny entrüstet an.

„Was meinst du?", war Jenny unwissend.

„Na, heute Nachmittag. Da habe ich Alexa gesagt, sie soll CCR spielen und du hast ein Lied nach dem anderen abgespielt. Ich habe dich dann über Alexa angerufen und gefragt, warum du dich nicht mehr meldest und du hast mir nicht geantwortet."

„Du warst das?", war Jenny überrascht und ihr ging gleichzeitig ein Licht auf, als sie an den Stimmenverzerrer denken musste.

„Deine Stimme wurde verzerrt", begriff die Radiomoderatorin und entschuldigte sich bei Siamsa und später nochmals bei Connor. „Weißt du Siamsa, bei mir im Studio, klang deine Stimme ganz anders. Sie klang wie die eines Menschen, dem ich nie wieder begegnen möchte, weißt du? Und als diese Stimme sagte, warum meldest du dich nicht mehr, bekam ich richtig Angst und zerstörte den Telefonanschluss. Als ich danach Schritte auf der Treppe im Leuchtturm hörte, dachte ich, dass er zu mir gekommen war und ich schlug wieder zu und traf versehentlich den lieben Connor, der nur dort war, um mir zu helfen."

„Also wirklich Jenny, du bist ja ein richtiger Schläger", meinte Siamsa ernst und fing dann an zu lachen.

„Ich habe auch manchmal Angst, nachts im Bett. Dann spreche ich mit Alexa, das hilft mir."

Ophelia stutzte und sah ihre kleine Tochter nachdenklich an.

„Du sagtest deiner Alexa, sie soll CCR abspielen?"

„Ja, genau. Wieso?", wunderte sich Siamsa.

„Nun", lachte Ophelia. „CCR bedeutet auch Creedence Clearwater Revival und das ist eine Rockgruppe und nicht CCR, wie Cornish Cove Radio. Das hat deine Alexa wahrscheinlich durcheinandergebracht."

„Hm", grummelte Siamsa und zog ihre Stirn in Falten. „Vielleicht ist Alexa doch irgendwie krank?"

„Oder müde, so wie du", lachte Ophelia und schnappte sich ihre Tochter um nach Hause zu gehen.

„Das tut mir so leid", jammerte Jenny und strich mit einem Finger über den Verband der Platzwunde auf Connors Stirn, die ihm immer noch leichte Kopfschmerzen bereitete. Doch als sich die beiden in die Augen sahen, verschwand für sie die restliche Welt und natürlich auch der Kopfschmerz.

Lizzy und Dee hatten ebenfalls das Café verlassen, als Scotty auf einem Tisch stehend lautstark zu singen anfing. Sie schlenderten zur Kaimauer, wo sich heute ein weiteres Wunder ereignet hatte und setzten sich auf die Steine der Brüstung. Es war ein ungewöhnlich milder Frühlingstag gewesen, doch abends wurde es immer noch kalt. Lizzy rückte etwas näher an Dee heran, der automatisch seinen Arm um seine gute Freundin legte um sie zu wärmen. Dee wunderte sich, was dieser Ort schon alles erlebt hatte, seit er hier wohnte: Den leuchtenden Nebel, die Befreiung der der Vermissten, die Rückkehr der Glory Days aus dem Fluch.

„Ich dachte immer, dass nur in London etwas passieren würde und in so einem kleinen Kaff nichts. Dabei ist es genau umgekehrt. Was hier abgeht, davon kann London nur träumen."

„Das ist wohl wahr", lachte Lizzy und sah ihn glücklich an.

„Ich bin sehr froh, dass du hergekommen bist."

Dee drehte seinen Kopf und sah Lizzy plötzlich mit anderen Augen an. Er war auch froh, hier am Ende der Welt gelandet zu sein, wo so ein tolles Mädchen lebte. Dann drückte er Lizzy etwas fester an sich und beide betrachteten den endlosen Ozean, der noch so viele Überraschungen für sie bereithielt.

Ende

Zeitfracht Medien GmbH
Ferdinand-Jühlke-Straße 7
99095 Erfurt, Deutschland
produktsicherheit@kolibri360.de